KB043041

저 어리석은 자에게도 각광을!

이 멋진 세계에 축복을! 엑스트라

6

기사의 맹세를 당신에게

CONTENTS

이 멋진 세계에 축복을! 엑스트라

저 어리석은 자에게도 각광을! 6

기사의 맹세를 당신에게

이 멋진
세계에
축복을!
엑스트라

어리석은 자에게도 각광을! 6

기사의 맹세를 당신에게

히루쿠마 지음
유우키 하구레 일러스트
이승원 옮김

제1장

저 말괄량이 공주가 소동을

1

"필요한 물건은 다 챙겼군. 좋아."

"삐이뜨뽀도 다해써."

짐 정리를 마치고 확인을 해보니 옆에 있는 은발 소녀—페이트포가 손을 번쩍 들었다.

"잘했어. 대단해. 그럼 가자."

평소와 마찬가지로 표정에 변화가 거의 없는 페이트포의 머리를 쓰다듬어준 후 여관을 나섰다.

여행 준비를 완벽하게 마쳤으니 이제 언제든 떠날 수 있다.

한시라도 빨리 액셀 마을을 탈출하고 싶지만 동료에게는 말을 해둬야겠다 싶었기에 모험가 길드에 가서 그들을 찾았다.

평소와 같은 자리에 앉아 있는 테일러, 키스, 그리고 린의 뒷모습이 보였다.

페이트포의 손을 잡아끌며 그곳으로 뛰어간 나는 할 말만 했다.

"미안한데, 한동안 잠적해야 하니까 뒷일을 부탁해!"

"잠깐만 있어 봐. 이번에는 또 무슨 짓을 한 거야?"

"치한? 훔쳐보기? 사기? 아니지. 그런 짓이면 이렇게 도망 가지도 않을 거야. 어이. 너, 설마…… 결국 저지르고 만 거냐? 해마다 한 번 정도는 면회를 갈 테니까 잘 지내라고."

테일러는 놓치지 않겠다는 듯이 내 팔을 잡았고 키스는 헛소리를 늘어놓으며 동정하는 척 했다.

페이트포는 린이 내민 대량의 요리가 담긴 접시를 받더니 열심히 먹기 시작했다. 저 녀석은 지금 어떤 상황인지 알고 있긴 한 걸까.

"아무 짓도 안 했어! 이유가 있어서 며칠 동안 이곳을 벗어나야 할 뿐이야! 야, 인마! 놓으라고!"

이 녀석들과 왈가왈부할 시간도 아깝다. 젠장, 테일러 녀석은 팔을 더욱 세게 움켜잡았다.

"그러니까 그 이유라는 걸 말해봐. 납득이 될 만한 이유라면 놔주지. 납득이 안 된다면 너를 자수시키겠어."

"어른의 이유란 거라고!"

진짜 이유를 털어놓으려면 내 과거를 털어놔야만 해. 그러니 자세한 사정을 이야기하는 건 무리란 말이다.

"이래서야 죽도 밥도 안 되겠는걸. 린도 입 다물고 있지 말고 뭐라고 말 좀 해봐."

내가 저항하자 테일러는 린에게 도움을 청했다.

"네가 무슨 소리를 하든, 나는 이 마을을 떠날 거라고."

"어머, 왜 액셀 마을을 떠나려는 거야?"

린은 내 얼굴을 지그시 응시하더니 즐거운 듯이 미소 지었다.

평소 같으면 나를 바보 취급하거나 독설을 퍼부었을 텐데, 심경에 변화라도 생긴 걸까.

……어라? 왠지 분위기도 평소와 다른 것 같지 않아?

린은 머리카락을 쓸어넘기며 우아하게 차를 마시고 있었다. 그렇게 선호하던 채소 스틱도 먹지 않았다. 아침에는 항상 채소를 먹었는데 드문 일도 다 있는걸.

"린이 오늘 좀 얌전한 것 같지 않아?"

"키스도 그렇게 생각했구나. 뭐랄까…… 평소보다 기품이 있는 것 같군."

다른 두 사람도 나와 마찬가지로 위화감을 느낀 건지. 린에게 들리지 않게 작은 목소리로 그렇게 말했다.

"어머, 다들 왜 그러는 거야?"

우리가 뚫어지게 쳐다보자 그 시선을 느낀 린이 잔을 내려 놓으며 우리를 쳐다보았다.

그 일련의 동작은 물 흐르듯 자연스러웠고 마치 귀족의 다과회 자리에 온 듯한 착각마저 들었다……!

"어머, 더스트. 안색이 나쁘네."

린은 그렇게 말하며 웃었고 나는 그녀의 얼굴을 응시했다.

린의 얼굴이 눈앞에 있지만 어딘가 달랐다. 몸을 쳐다봤는데 복장 또한 평소와 다름없었다. 하지만 가슴이 평소보다 컸다.

어이, 허세 부리려고 가슴에 뽕이라도 넣은 거냐?

아니다. 여자의 가슴과 엉덩이를 쫓으며 살아온 나는 알수 있다. 저것은 진짜 가슴이다!

급성장은 한 건 아니겠지. 그렇다면…… 혹시, 아니, 설마……?!

얼굴에서 핏기가 사라지고 등에서 식은땀이 뿜어져 나왔다.

"다, 다, 다, 다, 당신은……."

내가 너무 놀란 나머지 말을 더듬자 몸을 일으킨 그녀가 내 귓가에 입을 가져갔다.

"오랜만이야, 라인 셰이커."

그녀는 나와 시선을 천천히 맞추더니 장난질에 성공한 어린애처럼 웃었다.

융통성 없던 기사 시절의 내가 수도 없이 골치를 앓게 했던, 그리운 얼굴이 눈앞에 있다.

"……리오노르 공주님."

쉰 목소리로 어찌어찌 그 이름을 입에 담았다.

실언했다는 것을 깨닫고 허둥지둥 입을 막았으나 목소리가 너무 작았기에 테일러와 키스는 듣지 못한 것 같았다.

왜 이제까지 눈치채지 못한 것일까. 장난을 성공시켰을 때의 이 미소는…… 기사 시절에 몇 번이나 여러모로 신세를 졌던…… 아, 아무튼 당시에 내가 시중을 들었던 분이다.

제멋대로에 자유분방한 왕족답지 않은 공주님. 남들 앞에서 얌전한 척하는 걸로는 천하제일이며, 상대방을 방심시킨 후에 장난을 치거나 탈주하는 것이 취미나 다름없는 사람이었다.

이 공주님이 액셀 마을에 온다는 것을 페이트포에게 듣고 나는 귀찮은 일에 휘말리기 전에 모습을 감추려고 했다. 그런데 이렇게 선수를 빼앗길 줄이야!

설마, 이미 린과 바꿔치기를 했을 거라고는 꿈에도 몰랐다.

쌍둥이처럼 얼굴이 똑같다는 것은 알고 있었지만 머리 모양을 똑같이 하면 이렇게 분간이 안 되다니. 언뜻 보고 누가 누구인지 맞히는 건 무리에 가깝다.

두 사람의 결정적인 차이점은 머리카락 색이며 린은 갈색, 리오노르 공주는 금색이다. 하지만 눈앞에 있는 린으로 변장한 리오노르 공주의 머리카락 색은 갈색이었다.

머리카락 색은 애용하는 변장용 마도구로 바꾼 것이리라. 성을 탈주해서 밖으로 놀러 나갈 때 흔히 쓰던 수법이다.

실은 머리카락 색 말고도 세세한 차이점이 있기는 했다. 하지만 두 사람 다 아는 나만이 눈치챌 수 있는, 그런 미세한 위화감이다.

린과 처음 만났을 때는 나도 테일러나 키스와 같이 둘을 분간하지 못했다.

이 액셀 마을에 와서 린을 처음 봤을 때 리오노르 공주로 착각하고 다가갔었지. 이번에는 그때와 정반대 상황인 거냐.

"리오노…… 린. 이야기가 있으니까 이쪽으로 와봐."

"더스트, 무슨 일이야~?"

달콤한 목소리로 대답하지 마. 얼굴이 똑같은 데다 복장도 린과 똑같은 상태에서 그러니까 무섭다고.

나는 사람이 없는 길드 구석으로 린을 끌고 갔다.

"이런 데서 무슨 짓을 하려는 거야? 못 본 사이에 많이 대담해졌네. 대낮에 남들이 보는 앞에서 얼마나 음란한 짓을 당하게 되는 걸까? 꺄아~."

그녀는 볼에 손을 대며 부끄러워하는 시늉을 했다.

"이제 그만해요. 리오노르 공주님."

"어머, 대화를 좀 더 즐기는 게 어때? 오랜만에 이야기를 나누는 거잖아."

그녀는 내 가슴에 손가락을 대더니 요염한 미소를 머금었다.

아무것도 모르는 남자라면 저 미소에 흥분할지도 모른다. 그러나 나는 이미 익숙해지고 말았다.

"하아아아아. 한 나라의 공주님이 이런 데서 뭘 하는 겁니까? 그리고 진짜 린은 어떻게 한 거냐고요."

"포한테서 전언은 들었지? 너를 만나러 왔어. 그리고, 린양은 나를 대신해 잡혀갔지 뭐야."

"……진짜예요?"

"물론이지. 이 마을에 도착해서 탈출할 때, 린 양이 묵는 여관으로 **우연히** 도망쳤거든. 그리고 소동이 일어난 것을 알고 밖으로 나온 그녀가 나를 대신해 잡힌 거야. 흑흑흑, 불쌍해라."

손수건으로 눈가를 닦는 시늉을 했지만 눈물은 단 한 방울도 나오지 않았다.

"우연이 아니라, 일부러 노린 거죠?"

"무슨 소리인지 모르겠네~."

고개를 갸웃거리면서 시치미를 떼는 것을 보면 확신범이다.

옛날부터 사람을 속여서 계획적으로 탈주하는 것이 특기인 사람이었다. 내가 있는 곳을 조사하면서 린에 대한 것도 파악했고 이 작전을 실행에 옮긴 것이 틀림없다.

그런 짓을 아무렇지 않게 하는 분이었다.

"머리카락 색도 마도구로 바꾼 거죠? 허술하지만, 린으로 변장할 거면 그 정도로도 충분할 거예요."

"왕도였다면 바로 들통났겠지. 그런데 린 양과 나는 나란히 서 있으면 누가 누구인지 분간이 안 될 정도로 닮았거든. 나도 놀랐어. 닮았다는 보고는 받았어도 이 정도일 줄은 몰랐다니깐."

그럴 거야. 리오노르 공주가 지금 눈앞에 있는데도 린으로만 보였다. 실은 쌍둥이 자매라고 해도 믿을 수준이다.

……린이 왕족의 피를 이어받은 사생아인 건 아니겠지?

"안심해. 그 애는 왕족과 아무런 연관도 없어. 그 점에 관해서는 이미 조사해뒀거든. 만약 아버님의 사생아였다면 약점으로 써먹을 수 있어서 재미있을 텐데."

"그거 되게 안심되네요."

표정에 생각이 드러난 걸까, 내가 워낙 알기 쉬운 놈인 걸까, 리오노르 공주가 예리한 걸까. 전부 다인 것 같았다.

"아무튼, 그렇게 된 거야. 한동안 모험가 린으로 지내게 됐으니, 잘 부탁해!"

"저기~, 혹시나 해서 묻는 건데 저한테 거부권은 있나요?"

"없어! 질리면 린 양을 돌려줄 테니까 안심해. 아니면 라인…… 맞다, 지금은 더스트였지. 더스트가 직접 찾아가서 돌려받을 거야? 이 마을에 있는 귀족의 저택에 머물고 있어."

공주는 내가 못 간다는 것을 뻔히 알면서 저런 소리를 했다.

예의 그 일로 모든 것을 잃은 내가 무슨 낯짝으로 그 나라 사람들 앞에 나타나냐고…….

일단 린이 어디에 있는지는 알았으니 안심해도 될까.

리오노르 공주를 돌보는 이들이라면 린이 아무리 공주가 아니라고 말한들 「또 농담하시는군요」라고 말하며 들은 척도 하지 않으리라.

이번에는 연기를 오래 하시는 걸, 이라고 생각한 뒤 대충 넘어갈지도 모른다.

만약 정체가 들통나더라도 난폭한 짓을 당하지는 않을 것이다.

기사 시절에 알고 지냈던 이들이니 그건 틀림없다.

"저기, 더스트란 호칭이 입에 영 안 익어."

"공주님이…… 이 이름을 쓰라고 나한테 말했잖아!"

어처구니없는 소리를 듣고 버럭 고함을 지른 나는, 허둥지둥 자기 입을 손으로 막았다.

주위에 있던 녀석들이 나를 손가락으로 가리키면서 수군거리고 있었다.

"돈 빌려달라고 했다가 거절당한 거야. 분명해."

"방금 린을 공주님이라고 부르지 않았어? 저렇게 아양을 떨어야 할 정도로 궁지에 몰린 거구나. 비참하네~. 저렇게는 되고 싶지 않다고."

나는 멋대로 떠들어대는 녀석들을 손을 내저어서 쫓아냈다.

"그리고 보니 내가 너한테 더스트란 이름을 쓰라고 했었지. 내 말 같은 건 무시해버리고 다른 이름을 쓰면 될 텐데. 옛날부터 참 융통성이 없었어."

"내버려 두세요."

"허리에 찬 검도 그때 내가 준 거지? 소중히 간직하고 있는 것 같아서 기뻐."

그녀는 내 허리를 힐끔 쳐다보더니 뭔가 할 말이 있는 눈길로 나를 쳐다보았다.

"…………."

"후후. 너의 그런 면을 참 좋아해. 자, 지금부터 나는 린이니까, 존댓말 쓰지 말고 평소에 그 애를 대하듯 대해줘. 알았지?"

"알았습…… 알았어."

귀찮은 일에 서서히 휘말려 들어가는 느낌이 들었다. 한동안 잊고 지냈지만 기사 시절에는 일상적으로 이런 일을 겪었지.

공주에게 멋대로 휘둘렀고, 그 바람에 동료와 단장에게 동정 받았으며, 높으신 분들에게 눈총을 샀던…… 그리운 나날이라고 말하면서 웃기에는 평온함과는 거리가 먼 일상이었다.

정~~~~말, 고생했었지…….

"하아아아아아아아아아아아아아아아~."

"왜 땅이 꺼지게 한숨을 쉬는 거야? 나와 만나서 기쁘면서~."

팔꿈치로 내 옆구리를 찌르는 리오노르 공주에게 불평 한 마디 해주고 싶지만 크게 한숨을 내쉰 뒤 말을 삼켰다.

"자, 동료들에게 돌아가자. 내 정체가 들통나지 않도록 신경 써줘."

"하아, 알았습니…… 알았다고."

"좋아."

오랜만에 만났는데 어느새 리오노르 공주의 페이스에 휘둘리고 있었다.

그녀가 이렇게 제멋대로 구는 것도 드문 일은 아니다. 2,

3일 정도 어울려주면 만족할 것이다.

하지만, 그 며칠이 나에게 얼마나 큰 부담이 될까. 상상만 해도 소름이 돋았다.

"오늘은 퀘스트 안 할 거야?"

동료들 곁으로 돌아간 리오노르 공주는 잠시 동안 얌전히 있었지만 곧 인내심이 바닥난 것 같았다.

"요즘 꽤 짭짤하게 벌었거든. 주머니 사정이 괜찮으니까 한동안은 퀘스트 같은 건 안 할 겁니…… 거야."

큰일이다. 이분 앞에서는 옛날 버릇 탓에 말투가 이상해진다. 좀 더 정신을 바짝 차리며 이야기를 나눠야겠다.

리오노르 공주가 무슨 생각을 하고 있을지 상상이 된다.

기왕 모험가 린으로 변장했으니 모험가다운 일을 하고 싶은 것이리라.

리오노르 공주가 위험한 짓을 하게 둘 수는 없기에 나는 선수를 쳤다. 만일 공주가 다치기라도 했다간 그 수염 집사한테 무슨 소리를 들을지 상상조차 안 되었다.

"더스트, 돈 떨어졌다고 안 했어? 페이트포의 식비로 전부 날아갔다며?"

테일러는 테이블 한편을 힐끔 쳐다보았다. 그곳에는 순조롭게 접시를 산처럼 쌓아 올리고 있는 소녀가 있었다.

그 모습을 본 리오노르 공주가 입가를 슬며시 말아 올렸다.

저건 나쁜 꿍꿍이가 생각난 표정이다.

"그럼 퀘스트를 맡아야겠네. 더스트, 더스트."

나를 향해 손짓하는 리오노르 공주를 향해 얼굴을 내밀자 그녀는 달콤한 목소리로 속삭였다.

"내 정체가 들통나지 않도록 도와준다면, 앞으로 포의 식비는 브라이들 왕국에서 책임지겠어. 어때?"

"좋아~. 이 자식들아. 화끈하게 일 좀 해보자고!"

"내가 말을 꺼내긴 했지만, 이러는 건 좀 아니지 않아?"

이러는 건 좀 아니다…… 저 녀석이 내 지갑에 얼마나 막대한 피해를 주는지 모르는 것 같네. 밤에 한잔하는 횟수도 급감한 데다, 빚도 늘어만 가고…… 아, 그건 원래 그랬지.

드디어 나의 가장 큰 고민에서 해방되는 것이다!

청구하는 금액을 부풀려서 한몫 챙기는 것도 괜찮겠지.

나한테도 이득이 된다면 이야기는 달라진다. 거절할 이유 같은 건 없다고!

……의욕을 낸 것까지는 좋지만 게시판에는 퀘스트가 거의 붙어 있지 않았다.

고난도 퀘스트, 그리고 딱 봐도 성가실 듯한 퀘스트뿐이다.

마침 모험가 길드의 접수원인 루나가 곁을 지나가서 출렁거리는 그녀의 가슴을 눈으로 즐기며 말을 건넸다.

"잠깐 나 좀 봐."

루나는 내 눈길을 눈치챈 건지 가슴을 손으로 가렸다.

물러. 나 같은 상급자는 부끄러워하는 모습과 팔에 눌린 가슴의 굴곡과 라인마저 즐긴다고.

"무슨 일이죠? 또 범죄를 저질러서 경찰 신세라도 진 건가요? 그렇다면 어쩔 수 없이 모험가 카드를 몰수하겠어요."

"아직 아무 짓도 안 했다고! 그 손 치워!"

의기양양하게 내 모험가 카드를 회수하려고 하지 마.

"그리고 나처럼 우수한 모험가가 없어지면 길드 측도 손해잖아."

"······그건 그래요."

말과 달리 고개를 갸웃거리고 있네.

"뭐, 됐어. 그것보다, 왜 퀘스트가 이렇게 없는 거야? 평소 같으면 게시판을 가득 채울 정도로 붙어 있잖아. 직무 태만 혹은 농땡이 중이야?"

"아니에요. 남들이 다 더스트 씨 같은 줄 알아요? 정신을 차린 모험가 여러분이 일제히 퀘스트를 맡아줘서 없는 것뿐이에요."

"세레나 건 말이구나."

얼마 전에 액셀 마을에 나타났던 여자 프리스트, 세레나.

바보 같은 모험가 녀석들이 그녀에게 매료되면서 성가신 일이 벌어졌다. 그 바보에는 테일러와 키스도 포함되어 있다.

그 여자의 정체는 마왕군 간부이자 다크 프리스트였다고 한다.

카즈마의 활약으로 정체가 들통난 그녀는 체포됐고 세뇌된 모험가들도 정신을 차렸다.

"이제 다른 분들을 놀리지 마세요. 뒤처리하느라 정말 힘들었단 말이에요."

루나는 이마를 짚으며 땅이 꺼지도록 한숨을 내쉬었다.

아하, 그저께 모험가 길드에서 벌어진 대난투 말이구나.

2

―며칠 전까지 길드 술집은 한산했지만 세뇌된 녀석들이 돌아오니 평소처럼 시끌벅적해졌다.

꽤 술에 취한 나는 옆자리에 앉아 있던 친분 있는 모험가 파티에게 말을 걸었다.

"오~, 일편단심 세레나인 모험가 일행이잖아. 뭐야, 세레나 꽁무니를 쫓아다니는 건 관뒀어? 어머니처럼 자애로 감싸준다며 열변을 토했었잖아. 자, 세레나 님이 얼마나 멋진 분인지 또 열변을 늘어놔 보라고~."

나는 인상이 험악한 남자의 머리를 찰싹찰싹 때렸다.

평소 진지하게 행동하던 사람이라 그런지, 당시의 일을 떠올리며 얼굴을 새빨갛게 붉혔다.

"어머나~, 얼굴이 새빨갛네요~. 어디 안 좋나요~. 엄마가 없어져서, 쓸쓸한가 보네요~."

그는 고개를 숙인 채 부들부들 떨고 있었다. 마왕군 간부에게 속았다는 오점 때문에 반박도 못 하는 것 같았다.

한동안이기는 하지만 세레나의 신자가 됐던 모험가는 많다.

이 녀석의 동료들도, 그리고 다른 모험가들도 같은 상태였기 때문에 반박을 못 하는 것 같았다. 다들 입을 꾹 다문 채 참고만 있었다.

재미있네. 더 놀려줄까.

"하아~, 하나같이 겉모습에 속아 넘어가다니 말이야. 나처럼 뛰어난 안목을 지닌 남자는 여자의 색기에 놀아나지 않는다고. 이런 게 격의 차이일까? 애초에, 그딴 마왕군 여자한테 속는 녀석이 어디 있냐고. 딱 봐도 수상하잖아. 진짜로 속는 녀석이 진짜로 있다면 웃겨 죽을 거야. ……참, 너희는 속아 넘어갔지? 이야, 말이 좀 심했네. 푸하하하하하하하!"

술기운에 입에서 나오는 대로 떠들어대자 의자가 넘어지는 소리가 주위에서 들려왔다.

주위를 둘러보니 길드에 있는 모험가 대부분이 자리에서 일어났다. 그중에는 테일러와 키스도 있었다.

다들 나를 쳐다보며 살금살금 다가오고 있었다.

"어, 어이. 뭐하는 거야? 아픈 곳을 찔렸다고 발끈하지 말라고. 여럿이 편을 먹고 선량한 모험가를 괴롭혀도 되겠어? 지금부터 내가 손이 발이 되도록 싹싹 빌 테니까, 봐주라. 응?"

"""헛소리 마!"""

다들 내 말을 들은 척도 하지 않고 달려들었다.

"젠장, 이렇게 됐으니 은근슬쩍 찌찌를 주물러주겠어!"

"흐윽, 내 가슴 근육을 부여잡고 뭘 하려는 거냐!"

"헷갈리는 가슴 달고 있네! 다이어트 안 하면 확 이대로 확 으깨버릴 거다!"

"다들 포위해! 절대로 놓치지 마!"

도망다니며 반격을 해서 세 명은 쓰러뜨렸으나 압도적인 수적 열세 탓에 결국 자근자근 밟히고 말았다.

3

다시 생각해봐도, 역시 그 녀석들이 나빠.

그 정도 일은 웃으며 넘길 수 있을 만큼 도량을 기르라고.

"역시 나는 잘못이 없잖아."

"진짜로 자기는 잘못이 없다고 생각하나 보군요. 하아~."

루나가 땅이 꺼지도록 한숨을 내쉬었지만 그래도 잘못한 건 그 녀석들이라고.

"하던 이야기를 계속할게요. 아무튼, 남은 퀘스트 중에 몬스터 퇴치는 없어요. 마을 안에서의 잡일이라면 있지만요."

잡일인가. 리오노르 공주가 원하는 건 모험가로서 활약하는 거겠지.

그분은 모험가가 되어 몬스터에게 마법을 쓰고 싶어 한다. 그것은 언동을 통해 충분히 느껴졌다.

무능해서 전혀 도움이 안 된다면 「위험하니 안 돼요」라고 말하면 된다. 하지만…….

"실제로 마법을 쓸 수 있거든……."

리오노르 공주는 성에서도 학문이나 예의범절보다 마법 공부에 더 매진했으며, 성가시게도 재능이 있었기에 여러 종류의 마법을 쓸 수 있었다. 액셀 마을에 있는 마법사 중에서는 상당한 실력자일지도 모른다.

하지만 위험한 짓을 하다 신변에 무슨 일이 생긴다면 국제적인 문제가 될 것이다.

"잡일이라도 괜찮으니까, 적당한 게 있으면 소개해줘."

"괜찮겠어요? 평소 같으면 「잡일 따위는 이몸에게 어울리지 않는다고」 하면서 질색했을 거잖아요."

"이번에는 괜찮아."

퀘스트를 맡지 않는다면 더 성가신 일이 벌어질 게 틀림없다. ……실제 경험담이다.

이런 퀘스트라도 하게 해주면 그나마 납득할 것이다.

4

"저기, 우리는 왜 판매원을 하고 있는 거야?"

나와 친분 있는 점주가 운영하는 잡화점 앞에서 간판을 손에 들고 있는 린……으로 변장한 리오노르 공주가 불평을 늘어놓았다.

　기대에 어긋나는 상황이라 불만을 느끼고 있는 것 같았다.

　이번 퀘스트는 잡화점에서 실수로 대량 발주를 해버린 상품의 판매다. 전부 다 팔지 못해도 괜찮으니 8할 정도는 팔아줬으면 하는 것 같았다.

　"서민의 생활을 아는 것도 중요하지 않을까요?"

　테일러와 키스는 참가하지 않아서 나는 일부러 옛날 말투로 말했다.

　"그 말투, 참 오랜만이네. 옛날에는 그렇게 진지하고 성실하던 남자가, 지금은 이렇게 타락하다니……. 대체 왜 이렇게 성격이 배배 꼬인 거야?"

　"공주님한테 휘둘린 덕분에요!"

　리오노르 공주가 시집을 가기 이틀 전, 공주의 말에 넘어가 그녀를 데리고 도망쳤다. 그리고 일주일 동안 함께 지내는 동안, 그녀의 문제 많은 성격에 영향을…….

　내가 이런 성격이 된 가장 큰 원인을 꼽으면 예의 그 사건 때문이다.

　리오노르 공주와 만나지 않았다면 나는 드래곤나이트로서 지금도 그 나라에서 지내고 있을 것이다.

　"아직도 나를 데리고 도망쳤던 걸 후회하는 거야?"

리오노르 공주는 내 얼굴을 올려다보며 물었다.

"아뇨. 결정을 한 사람은 바로 저니까요. 그리고 지금의 자유로운 생활도 마음에 듭니다."

"그렇구나. 다행이야. 그리고 또 존댓말을 쓰고 있어."

"조심하겠습……할게."

동료들 앞에서 입을 잘못 놀리지 않도록 조심해야겠다.

"거기 꽤 괜찮은 오빠, 그럭저럭인 언니, 들렀다 가요! 보고 가요! 꽤 쓸만한 물건이 잔뜩 있다고요."

아까까지만 해도 불만스러운 기색이 역력하던 리오노르 공주는 갑자기 열심히 손님을 끌기 시작했다.

원래 시끌벅적한 것을 좋아해서 빈번히 성 밖으로 나갔던 만큼, 서민을 대하는 법에도 익숙한 것 같았다.

"자, 포. 너는 귀여우니까, 나처럼 마음에도 없는 말을 하며 노골적으로 아양을 떨어보렴."

"들러따 가요. 뽀고 가요~."

"그 혀짧은 목소리가 좋네. 로리콤 느낌이 물씬 나! 그대로 상대방을 올려다봐. 키가 작다는 점을 이용해, 약간 울먹거리며 응시하면 웬만한 남자는 그대로 확 넘어올 거야!"

리오노르 공주는 나란히 선 페이트포에게 열심히 조언을 해줬다.

인간으로 변하지 못하던 드래곤 시절부터 둘은 사이가 좋았지. 지금은 절친한 자매 같아 보였다.

……조언의 내용 자체는 문제가 많지만.

"이상한 걸 가르쳐주지 마."

"무슨 소리를 하는 거야. 타고 난 성별과 미모를 이용하는 게 뭐가 나쁜데? 오늘 안에 이 가게의 물건을 다 팔아치울 거야."

리오노르 공주는 의욕을 불태우고 있었다. 옛날부터 한번 말을 꺼내면 고집을 부리는 사람이었으니 그냥 멋대로 하게 두는 편이 나을 것이다.

"어이, 더스트. 열심히 일하는 건 고마운데, 린은 뭐 잘못 먹은 거 아냐? 왠지 평소와 분위기가 좀 달라 보이는데……."

어느새 내 옆으로 온 이 잡화점 주인아저씨가 팔짱을 끼고 고개를 갸웃거렸다.

린과의 차이점을 눈치챈 건가. 접객업을 하는 사람답게 미세한 차이에 민감한 것 같다.

적당히 얼버무려 둘까.

"아, 술 한잔해서 텐션이 상승한 것 같아."

"아하, 그럼 납득……할 것 같냐! 왜 일하기 전에 술을 마시는 거냐고!"

"에이, 이런 시시한 일을 맨정신으로 어떻게 하냐고. 마음 가라앉히려고 한잔 마신 게 뭐 어때서?"

"뭐, 인마?! 내 일을 무시하는 거냐!"

아저씨는 트집을 잡으며 나에게 달려들었다.

내가 그에 맞서서 주먹으로 대화를 나누는 사이 물건 대부분이 팔려나갔다. 원래 저녁까지 할 예정이었던 일이 점심 즈음에 끝나고 만 것이다.

리오노르 공주의 흥과 애교와 밝은 태도. 그리고 페이트포의 귀여움이 손님을 매료시키면서 상품이 날개 돋친 것처럼 팔렸다.

"자, 다음에는 뭘 할 거야?"

"이제, 퀘스트는 없습……."

리오노르 공주가 내 얼굴을 똑바로 노려보았다.

"없어."

나는 몇 걸음 물러서면서 반말로 고쳤다.

"그럼 오늘은 이쯤에서 봐줄 테니까, 마을을 안내해줘."

"알았습…… 알았어."

리오노르 공주가 아무 말 없이 스윽 다가오자, 나는 눈총을 받기 전에 반말로 고쳤다.

액셀 마을을 적당히 관광하면서 시간을 보내도록 할까.

테일러 일행과 합류해도 되겠지만, 그 녀석들은 린과 오랫동안 알고 지냈다. 같이 다니다간 리오노르 공주의 정체가 들통날지도 모른다.

따로 행동하는 편이 여러모로 안전하겠지.

"이곳이 바로 모험가들이 애용하는 가게입니다."

서큐버스 가게 앞에서 그렇게 설명하자 가게를 뚫어지게 쳐다보던 리오노르 공주가 도끼눈으로 나를 노려보았다.

"언뜻 평범한 카페 같지만, 왠지 음란한 느낌이 감도는 건 내 기분 탓이야?"

오, 가게 자체가 위장되어 있는데도 그 점을 꿰뚫어 볼 줄이야.

"저기, 아까부터 남자만 저 가게에 들어가네. 그리고 왜 나를 보고 부끄러워하며 그냥 돌아가는 거야?"

린으로 변장한 리오노르 공주와 손을 맞잡은 페이트포를 보고 주눅이 든 소인배들이 가게 앞에서 그냥 되돌아갔다.

이제부터 야한 꿈을 꾸자는 욕망으로 가득 차 있던 타이밍에 어린애를 데린 여자를 본다면 부끄러울 뿐만 아니라 욕구도 확 가시겠지.

나만 불행을 겪는 것도 짜증나니까, 이런 소소한 괴롭힘으로 남들에게도 불행을 나눠주려는 것이다.

"글쎄요? 제가 자주 이용하는 곳을 보고 싶다고 하셔서 이곳으로 안내했을 뿐입니다…… 뿐이라고."

실은 이곳에 데려올 생각은 없었지만 평소 버릇 때문에 발이 자연스레 이곳으로 향했다.

안에 들어갈 수는 없으나 외관 정도는 보여줘도 괜찮으리라 생각하며 설명을 하고 있을 때였다.

"어라? 더스트 씨와…… 린 씨?!"

등 뒤에서 들려온 목소리에 돌아보니 그곳에는 로리 서큐버스가 있었다.

가게에서 입는 야한 복장이 아니라 마을 처녀 느낌의 복장으로 손에 짐을 들고 있었다. 아무래도 시장을 보고 돌아가는 길 같았다.

"어머, 안녕. ……귀여운 애네. 더스트와 린 양의 지인인가 봐?"

처음 만나는 상대인데도 리오노르 공주는 마치 아는 사이인 것처럼 행동했다. 그리고 방금 발언의 뒷부분은 나한테만 들리도록 작은 목소리로 말했다.

"자, 잠깐만요, 더스트 씨!"

로리 서큐버스는 나를 잡아끌고 리오노르 공주와 거리를 뒀다.

"린 씨와 페이트포 양을 이곳에 데려오면 안 되잖아요! 영업 방해라도 하려는 거예요? 확 고소해버릴 거예요."

"말도 안 되는 소리 하지 마. 어쩌다 보니 이렇게 된 거라고. 금방 다른 곳으로 갈 테니까 안심해."

"그럼 괜찮지만요."

이 녀석은 리오노르 공주를 알아보지 못했나. 하긴, 우리에 비하면 같이 지낸 시간이 얼마 안 되니 당연한가. 아무래도 웬만한 이들을 다 속일 수 있을 것 같다.

"다른 곳으로 가도록 할까. 잘 있어, 로리사. 일 열심히 하라고."

"더스트 씨한테는 그런 말 듣고 싶지 않거든요? 린 씨, 페이트포 양, 다음에 봐요."

손을 흔드는 로리 서큐버스를 향해 두 사람도 마주 손을 흔들었다.

가게에서 멀어진 리오노르 공주는 히죽거리며 나에게 말을 걸었다.

"저기, 방금 그 애는 누구야? 가르쳐줘~."

내 어깨에 턱을 얹더니 가까운 거리에서 내 얼굴을 응시했다.

"짜증나게 굴지 좀 마! 저 녀석은 로리사라는 여자야. 정신 마법이 특기인데, 인원이 부족할 때 퀘스트에 동행해주는 사이지."

서큐버스라는 건 괜히 말할 필요는 없겠지. 알려줬다가 성가신 일이 벌어지는 미래가 눈앞에 어른거렸다.

"정말이야~? 실은 더 가까운 사이 아냐? 그러지 말고 솔직히 말해봐. 포는 로리사에 대해 알고 있는 게 있어?"

내가 입을 꾹 다물자 표적을 바꿨다.

페이트포는 나와 리오노르 공주의 얼굴을 번갈아 쳐다보

며 고민했다.

괜한 소리를 하지 말라는 의미가 담긴 내 눈빛을 읽은 건지 페이트포는 고개를 살며시 끄덕이고 손으로 입을 막았다.

그 모습을 본 리오노르 공주는 입가에 미소를 머금었다.

"가르쳐준다면, 저녁에 맛난 걸 사줄게."

"저 사람은 써뀨버쓰야. 그리고 저 가게는 야한 꿈을 뿌려줘."

"야, 인마!"

먹을 것에 낚여서 나를 배신했다!

"써뀨버쓰…… 아, 서큐버스구나. 흐음, 여기서는 서큐버스와 인간이 공존하나 보네. 흐음, 더스트는 그런 야한 걸 좋아하는구나."

"아, 그게, 뭐냐. 남자의 본능이랄까, 어디까지나 꿈이니까 건전하거든."

"변명 안 해도 돼. 같이 있을 때는 나를 건드리지도 않았으면서 말이야, 흐음."

말에 가시가 돋쳐 있다.

"이 일은 비밀로 해줘. 서큐버스의 가게가 있다는 걸 여자들에게 들키면 소동이 일어날 거야."

남자 모험가 사이에서는 공공연한 비밀이지만 여자 중에 그 사실을 아는 이는 적다. 일전에 어떤 단체가 가게의 비밀을 캐고 다닐 때는 큰 소동이 일어났다.

"인간에게 해를 끼치는 것 같지는 않네. 뭐, 나는 이 나라 사람이 아니니까 참견하지는 않겠어. 더스트, 나한테 빚진 거야."

"으, 알았어."

리오노르 공주에게 빚을 지면 나중에 성가셔진다는 건 알고 있으나 이렇게라도 말해두지 않으면 상황이 더욱 악화된다. 그것도 실제 경험담이다.

"그런데, 다음에는 어디에 데려가 줄 거야?"

앞장을 서서 걷던 리오노르 공주가 나를 돌아보며 즐거운 듯 웃었다.

이분은 표정이 정말 풍부하다. 린과 얼굴 생김새는 판박이지만 이렇게 보니 표정이 완전 딴판이었다.

기사 시절에는 자유분방하고 감정을 훤히 드러내는 이 공주님의 모습에……

"더스트가 자주 가는 장소라도 괜찮으니까, 식사를 할 수 있는 곳에 데려가 줘. 더는 못 참겠지? 빨리 맛있는 걸 먹고 싶지? 응~?"

"응~."

리오노르 공주는 페이트포와 한목소리로 재촉하듯 말했다.

"밥 먹자는 거구나. 딱히 가리는 건 없으시…… 없지?"

"없어. 백성이 만들어준 거라면 뭐든 맛있게 먹는 것이, 위에 선 자의 예의잖아."

"뻬이뜨뽀도 머든 다 머거."

"그건 알아. 그럼 적당한 가게에 갈까."

음식점이 모여 있는 거리에 가서 비어있는 아무 가게에나
들어가면 되겠지.

6

"아가씨, 우리 가게에 와! 서비스 왕창 해줄게."

"저 가게보다 우리 가게가 훨씬 맛있다고! 1인분 무료로
서비스해주지!"

"아가씨는 세련된 가게를 좋아하지?! 우리 가게는 디저트
도 충실하니까, 식사 마친 후에도 즐거울 거야!"

우리가 길에 들어서자마자 여러 가게에서 점원이 뛰쳐나오
더니 페이트포에게 몰려들어 열심히 호객행위를 했다.

"이, 이 녀석들, 뭐야?! 어, 어이, 밀지 마!"

나 따위는 관심 없다는 듯이 떠밀어낸 그들은 페이트포
쟁탈전을 이어갔다.

"아프잖아! 젠장, 대체 뭐가 어떻게 된 거야?"

"엄청 인기 좋네. 귀여워서……만은 아닌 것 같아. 다들
눈에 핏발이 돋을 정도로 필사적이잖아."

"아~, 이제 알겠네. 페이트포의 먹성이 여러 음식점에 널
리 알려진 것 같은걸."

매일 그렇게 많은 양을 먹어치우니 음식업계에서 화제가

되는 것이 당연했다.

주위를 둘러보니 무한 리필을 하는 여러 가게가 일제히 문을 닫고 폐점 간판을 걸었다.

전에 페이트포를 데리고 무한 리필 가게에 갔을 때 점주가 제발 돌아가 달라며 울면서 애걸복걸했지. 뭐, 페이트포가 배부르게 먹을 때까지 돌아가지 않았지만.

"그러고 보니 아침도 많이 먹었잖아. 저 모습으로도 대식가인 거야?"

리오노르 공주는 페이트포의 정체가 화이트 드래곤이라는 것을 알고 있다. 그러나 드래곤 상태일 때의 식사량은 알아도 어린 여자애 모습일 때 얼마나 먹는지는 알지 못하는 걸까.

"드래곤일 때에 버금갈 정도로 먹어."

"……거짓말이지?"

"페이트포의 식비를 내준다고 했지? 지금부터 부탁해."

리오노르 공주는 지갑을 꺼내서 살펴본 후 울상을 지으며 나를 쳐다보았다. 나는 일단 시선을 피했다.

리오노르 공주라면 탈주를 하면서 돈을 꽤 챙겨왔을 것이다. 오늘 식비라면 여유롭게 낼 수 있겠지만 이 마을에 머무르는 동안 그 돈으로 버틸 수 있을지 모르겠네.

　페이트포 쟁탈전에 승리한 뒤 「우오오오오오! 이겼다아아
아앗!」라고 환희에 찬 고함을 지른 점원을 따라 가게에 들어
간 우리가 거침없이 주문하자, 단체용 대형 테이블이 요리
로 가득 찼다.

　"잘 머께씀니다."

　"응. 배부르게 먹으라고."

　"좋아, 될 대로 되겠지! 팍팍 먹어 치우는 거야!"

　처음에는 놀라던 리오노르 공주는 저 먹성에 감동한 건
지, 말리는 게 아니라 더 먹으라고 부추기고 있었다.

　페이트포가 즐겁게 요리를 먹어 치우는 모습을 본 리오노
르 공주가 환하게 웃었다.

　"이렇게 맛있게 먹어주니까 사는 사람도 기분이 좋네. 자,
너무 허겁지겁 먹지는 마. 입가가 소스 범벅이잖아."

　옛날에도 이런 일이 있었지. 그때와는 장소도, 입장도, 모
습도 달라졌지만, 당시에도 리오노르 공주는 페이트포에게
먹이를 줄 때 찾아와서 도와주곤 했다.

　"왠지, 그립네."

　나와 같은 생각을 한 건지 리오노르 공주는 나를 쳐다보
며 약간 쓸쓸한 표정으로 웃었다.

　"그……래."

큰일이다. 이렇게 셋이 있으니 옛날 일만 생각났다.

이렇게 되면 정체가 들통나는 위험을 감수하는 한이 있더라도 테일러 일행과 합류하는 편이 나을까.

그런 생각을 하면서 별생각 없이 가게를 둘러본 나는 우리를 뚫어지게 쳐다보고 있는 여자와 시선이 마주쳤다.

그녀는 쭈뼛쭈뼛하면서도 부러운 눈길로 우리를 쳐다보고 있었다.

평소처럼 가게 구석에 혼자 앉아 있는 저 사람은…… 내 지인이다.

누군가와 같이 식사를 할 뿐인 데도 저렇게 선망에 찬 눈길로 쳐다보는 건가.

좋아, 확 끌어들일까. 외톨이인 저 녀석이라면 리오노르 공주가 린이 아니라는 걸 눈치채지 못할 거야.

"융융, 너 또 혼자지? 이쪽으로 와. 같이 밥 먹자."

내가 큰 목소리로 부르자, 융융은 주위를 둘러보며 자기가 불린 게 맞는지 확인한 후에 헛기침을 한 후 자리에서 일어났다.

"어, 어쩔 수 없네요. 정 원한다면 같이 식사해줄—."

"같이 먹기 싫으면 오지 마."

"머, 먹을래요! 같이 먹을래요! 같이 먹게 해주세요!"

융융은 울상을 짓고 우리 자리로 왔다.

"이럴 거면 처음부터 허세 부리지 마. 되게 성가시게 구네."

"정말, 그만 좀 괴롭혀. 저 애도 아는 사람이야?"

리오노르 공주가 귓속말로 그렇게 말했고 나는 작은 목소리로 대꾸했다.

"융융이라는 이름을 가진 외톨이 홍마족이야."

"흐음, 바로 그 홍마족이구나."

목소리는 약간 놀란 것 같지만 태도는 태연했다. 정말 표정 관리는 초일류다.

"린 씨, 합석해도 될까요?"

"물론이야. 환영할게."

"잘 됐다~."

융융은 가슴을 쓸어내리면서 자리에 앉았다.

"밥은 다른 사람과 함께 먹어야 맛있거든."

"예, 맞아요. 그렇다니까요! 혼자 먹는 것보다 누군가와 같이 먹는 편이 훨씬, 훨씬 맛있죠!"

"그, 그래."

고개를 격렬하게 끄덕이며 다가오는 융융의 박력에 압도당한 것 같네.

이렇게 격렬하게 동의할 거라고는 생각 못 한 건지, 리오노르 공주는 표정이 굳었다.

"더스뜨, 쭈가 주문해도 돼?"

이 와중에 음식을 전부 먹어 치운 페이트포가 메뉴판에서 눈을 떼지 않은 채 내 옷자락을 잡아당겼다.

"그래, 괜찮아. 린이 사는 거니까, 배부르게 먹으라고."

"아라써."

"이렇게 됐으니, 배가 터질 때까지 먹어도 돼."

평범한 사람이면 절망하고 말 정도로 접시가 산처럼 쌓였지만…… 호탕하다고 해야 할까. 평민과 왕족은 돈에 대한 가치관이 다른 것 같다.

"제, 제 몫은 제가 낼게요."

이 상황에서 자기도 얻어먹겠다고 말하지 못하다니 융융은 아직 멀었는걸.

내가 융융이라면 기쁜 마음으로 밥을 얻어먹었을 것이다.

차례차례 나오는 요리가 가득 담긴 접시를 쳐다보던 리오노르 공주는 화들짝 놀라면서 지갑 안과 메뉴판을 번갈아 확인했다.

아무래도 리오노르 공주는 이 가게에서 파산하리라.

"세 명뿐이네요. 테일러 씨와 키스 씨는 어떻게 된 거예요?"

"그 두 사람은 다른 퀘스트를 하고 있어. 우리 쪽이 일찌감치 끝난 거야."

"그래서 한가해. 아, 이제부터 이 마을을 돌아볼 예정인데 괜찮다면 같이 다니지 않을래?"

"어, 그래도 돼요?! 꼭 동행할게요!!"

"그리고 융융에 대해서도 알고 싶어. ……더스트와 어떤 사이인지도 말이야."

의미심장한 발언 좀 자제해달라고.

나를 쳐다보며 히죽거리지도 마.

그 후, 리오노르 공주는 왕족으로서 단련한 화술과 타고난 붙임성으로 융융에게서 정보를 차례차례 빼냈다.

"더스트 씨는 제가 족장 시련에 도전할 때도 도와주지 않았다니까요! 정말 너무해요!"

"그건 심했네. 나중에 내가 꾸짖을게."

"고마워요, 린 씨. 오늘은 평소보다 더 믿음직하네요. 따끔하게 한마디 해주세요!"

여자끼리 의기투합을 하고 있다.

리오노르 공주는 내 정보를 얻어내려는 속셈이겠지만 뜻대로는 안 될 거야. 융융은 남과의 대화에 익숙하지 않은 데다, 나와 접점도 많지 않거든.

그래도 융융은 나와 함께 퀘스트를 했던 이야기나 아르칸레티아에서의 그 떠올리기도 싫은 일을 즐겁게 늘어놓았다.

"그러고 보니 예전에 더스트 씨를 소문 자자한 드래곤나이트 씨로 착각한 적이 있다니까요. 너무 실례되는 짓을 했다고 지금도 반성하고 있어요⋯⋯. 그 드래곤나이트 씨에게요."

"나한테 실례했다고는 생각 안 하는 거냐?!"

"물론이죠."

"이, 이 녀석⋯⋯."

왜 융융이 기분 나빠 하는 걸까. 화내야 할 사람은 바로 나인데 말이다.

"흐음, 드래곤나이트로 착각했구나. 바, 로, 그, 소문의 드래곤나이트로 말이야."

"예, 맞아요. ······어? 전에도 이 이야기를 한 적이 있지 않나요?"

"기억이 안 나. 다시 이야기해줬으면 하는데, 어때?"

"좋아요!"

융융은 이야기를 들려달라는 말을 듣고 기쁜 건지 볼을 붉혔다.

일이 성가시게 될 게 뻔해서 나는 그 이야기를 막으려고 끼어들었다.

"어이, 그만, 윽!"

발등에서 충격이 느껴졌다.

리오노르 공주가 구두 굽으로 내 발등을 힘껏 밟은 것이다.

내가 노려보자 그녀는 여유넘치는 미소를 지었다.

"더스트도 참. 여자끼리의 대화를 방해하지 마."

"이, 이게······."

불평이라도 한마디 해주고 싶지만, 무슨 소리를 한들 개의치 않을 거라는 점은 경험을 통해 알고 있다. 결국 고개를 돌리고 땅이 꺼지도록 한숨을 내쉴 수밖에 없었다.

"으음, 그 소문은 아이······ 이리스 양한테서 들은 건데, 옆 나라에는 최연소의 나이로 희귀 직업인 드래곤나이트가 된 천재 기사가 있대요. 창술로는 왕국 제일에, 태어날 때부터 드래곤에게 사랑받았을 뿐만 아니라, 진지하고 인내심이 강하며 사람 됨됨이도 멋진 기사의 본보기 같은 사람이래요."

"흐음, 그런 사람이 있구나~. 멋지네~."

마음에도 없는 소리를 하면서 나를 쳐다보지 말라고…….

눈은 또 웃고 있잖아.

"맞아요! 여성에게도 인기가 많아서, 동경의 대상이었다고 해요."

"흐음, 그런 사람이라면 한번 만나보고 싶은걸."

그러니까, 나를 지그시 쳐다보며 비웃음을 흘리지 말아달라고요.

"그리고 그 기사는 젊은 나이에 공주님의 호위를 맡게 됐대요. 나이가 가까운 공주가 그 기사에게 연심을 품게 되는 것도 시간문제였죠. 하지만 공주에게는 약혼자가 있어서, 결코 이뤄질 수 없는 사랑에 마음 아파했대요."

"우와~, 금단의 사랑이네."

리오노르 공주는 일부러 손수건으로 눈가를 훔쳤다.

……눈물은 한 방울도 나지 않잖아.

"우연히 공주님의 마음을 알게 된 소년은 일이 커질 것을 각오한 뒤, 공주님을 드래곤에 태우고 도망쳤대요. 일주일 후에 공주님을 데리고 성으로 돌아온 소년은 그대로 체포됐고, 처형은 면했어도 드래곤나이트의 자격을 박탈당했을 뿐만 아니라 가문도 박살이 났다……고 해요."

틀린 부분도 있지만 대략적으로는 사실이다.

그런데 대체 누가 이 이야기를 퍼뜨린 걸까. 자초지종을 알고 있는 이들에게는 국왕이 직접 함구령을 내렸을 텐데…….

"멋진 이야기네. 자세한 이야기를 듣고 싶으니까, 나중에 친구인 바닐 씨를 찾아가서 이야기를 나누지 않을래?"

"예, 좋아요!"

"잠깐만! 바닐 나리는 찾아가지 마. 영업시간이라 바쁠지도 모르잖아."

바닐 나리를 찾아가는 건 안 된다. 한눈에 린의 정체를 간파한 후 놀려댈 것이 뻔하다. 대악마인 그 나리는 인간의 부정적인 감정을 선호한다.

"하지만, 마도구점은 항상 한산하잖아요?"

"그, 그렇지만 말이야. 아~, 너도 가기 싫지? 전에 바닐 나리가 좀 거북하다고 했잖아!"

식사 중인 페이트포의 어깨를 잡고 내 쪽으로 돌려보니…… 입안이 요리로 가득 찬 바람에 볼이 터질 것처럼 부풀어 있었다.

"꿀꺽……. 가도 돼."

"어째서야?! 전에 갔을 때는 그렇게 사이가 나빴잖아!"

"머리까락 쥐떠니 과자, 마니 바다써."

"어느새 회유당한 거냐?! 그것보다, 대체 언제 혼자 놀러

간 거냐고……."

"나쁜 냄새가 나써, 몰래 해찌우러 갔는데, 과자 마니 바다써."

혼자 외출했다가 돌아온 페이트포가 배고프다는 소리를 안 해서 이상하다 싶었는데, 설마 바닐 나리에게 먹을 것으로 회유당했던 거냐.

먹을 것에 간단히 낚이지 않도록 나중에 교육시켜야 할 것 같다.

"머리카락을 주고 과자를 얻은 거냐. 나리만 엄청나게 이득 봤겠는걸."

화이트 드래곤의 몸 일부는 매우 비싼 가격에 거래된다. 머리카락이나 발톱도 상당한 돈이 된다고 했다.

그 가게의 주인인 위즈가 장사에 재능이 없어서 항상 적자를 보기 때문에 바닐 나리는 언제나 금전적으로 위기에 처해 있다.

그런 상황에서 페이트포의 몸 일부를 과자와 교환할 수 있다면 희희낙락하며 과자를 대접할 게 틀림없다.

나도 같은 짓을 하면 편하게 돈을 벌 수 있겠지.

나는 빈 접시를 원망스럽다는 듯이 쳐다보고 있는 페이트포의 머리에 손을 얹었다.

"왜?"

"아무것도 아니니까 신경 쓰지 마."

나까지 페이트포의 머리카락을 돈벌이 수단으로 삼은 바람에 이 녀석이 탈모에 걸리면 곤란하거든. 그런 짓을 안 하더라도 도박으로 크게 따면 되잖아.

"그럼 아무 문제도 없는 거네. 나도 바닐이란 사람을 만나보고 싶어."

"어, 몇 번 만난 적 있지 않나요?"

"어…… 으음, 오랜만에 만난다는 의미야."

"린은 바닐 나리를 질색하거든! 내가 그 가게에 갈 때면 항상 따라오지 않아."

나는 리오노르 공주의 정체가 들통나지 않도록 허둥지둥 한마디 거들었다.

위험한 발언 좀 하지 마. 린의 신변도 걱정되지만 두 사람이 판박이처럼 닮았다는 게 주위에 알려지는 게 가장 위험하다고.

내 주위에 있는 녀석들이 나와 공주의 관계를 의심할 게 뻔하다.

게다가 한 나라의 공주와 린의 외모가 비슷하다는 사실이 권력자들에게 알려진다면 괜한 문제에 휘말리게 될지도 모른다.

"과자 먹꼬 시프니까, 어서 가자."

식사를 방금 마쳤는데 벌써 배가 고픈 건지 페이트포는 의자에서 뛰어내린 뒤 입구를 향해 걸어갔다.

융융은 자기가 먹은 음식값을 테이블에 두고 그 뒤를 따랐다.

리오노르 공주도 슬그머니 입구로 향하려 하자 나는 그녀의 어깨를 움켜잡았다.

"불경하군요. 한 나라의 공주의 몸에서 손을 떼세요."

공주는 날카로운 표정으로 나를 쳐다봤지만 이제 와서 그런 표정에 동요할 것 같아?

"지금은 린이니 문제 될 거 없어. 빨리 밥값이나 계산해."

"으음…… 보석 팔러 갈 거니까, 같이 가자."

지갑 안의 돈을 여기서 다 날리는 정도가 아니라, 모자란 거냐.

"어쩔 수 없지. 부족한 돈은 아까 퀘스트의 수입으로 메워줄게. 이자는 1할이면 되지?"

"풉. 많이 변한 것 같지만, 그런 면은 변함이 없네."

"무슨 소리인지 모르겠거든?"

"여전히 상냥하다는 말이야."

이런 이야기를 더 해봤자 기분만 이상해질 것 같았다.

리오노르 공주에게서 시선을 돌린 나는 가게를 나섰다.

8

"여기가 그 가게구나. 흐음~."

바닐 나리가 있는 마도구점 앞에 온 리오노르 공주가 팔짱을 꼈다.

페이트포와 융융에게 들은 정보로 호기심이 샘솟은 건지 표정 관리가 힘들 정도로 얼굴을 히죽거리고 있었다.

"가면을 쓴 수상한 남자와 미인 점주가 둘이서 운영하는 가게. 부부나 커플이 아니지만, 젊은 남녀가 한 지붕 아래에서 단둘이 지내는데 아무 일도 없을 리 없어."

"묘한 기대에 찬물 끼얹어서 미안한데, 그 두 사람은 그런 달콤한 관계가 아냐. 그리고 젊은 남녀가 맞는지도 의문이네."

바닐 나리는 연령 미상의 대악마이고 위즈도 젊어 보이기는 하지만 결혼에 목매달 나이라는 건 알고 있다. 지난번 프러포즈 이야기 때도 소동이 일어났을 정도다.

우리가 가게 앞에서 이야기를 나누는 사이, 융융과 페이트포가 모습을 감췄다.

"그 녀석들은 이미 가게에 들어간 건가. 미리 말해두겠는데, 바닐 나리는 뭐든 다 내다보는 대악마이고, 인간이 질색하는 악감정을 좋아해. 그러니 조심하라고."

내가 조언을 해주자 리오노르 공주는 미간을 좁히고 생각에 잠겼다.

"악마란 소리를 아무렇지 않게 하네. ……저기, 이 액셀 마을을 어떻게 되어 먹은 곳이야? 서큐버스가 가게를 차리지 않나, 대악마가 마도구점을 경영하고 있잖아. 너무 이상해."

"이제 와서 무슨 소리를 하는 거야. 매일 폭렬마법을 날리는 정신 나간 애도 있고, 매도당하는 것과 두들겨 맞는 걸 세끼 밥보다 좋아하는 귀족도 있어. 그리고 여신을 자처하는 프리스트도 있거든?"

"에이, 과장이 너무 심하잖아. 괴짜 귀족도 존재하기는 하지만, 그 정도로 비정상적인 사람은 본 적 없어. 그리고 신을 모시는 프리스트가 신을 자처하는 것도 말이 안 되잖아. 게다가 폭렬마법은 위력 하나는 엄청나도 마력을 대량으로 소비하기 때문에 쓸모없는 엉터리 마법이거든? 그걸 쓸 수 있는 사람도 드물고, 그걸 매일 날린다니—."

리오노르 공주의 말은 먼 곳에서 피어오른 흙먼지와 진동 때문에 끊겼다.

"어, 방금 뭐야?! 마왕군이 쳐들어온 거야?!"

"방금 그게 액셀의 명물 중 하나야. 오늘의 폭렬마법은 위력이 그럭저럭이네."

자칭 폭렬마법 소믈리에인 카즈마는 위력을 통해 시전자의 컨디션도 파악하는 것 같지만, 나도 어느새 익숙해진 건지 위력 차이 정도는 분간할 수 있게 됐다.

"그, 그렇구나. 그래서 마을 사람들이 침착한 건가."

리오노르 공주는 주위를 둘러보며 감탄했다.

폭렬마법에 익숙해진 마을 사람들은 피어오른 연기를 힐끔 쳐다보기만 할 뿐 소동을 피우지 않았다.

"너도 리액션이 너무 담백한 것 아냐? 처음 본 녀석들은 더 놀란다고."

"놀라기는 했지만, 이런 신기한 일을 좋아하거든. 정말 소란스럽고 즐거운 마을이네!"

아무렇지 않게 받아들이는걸.

"뭐……. 익숙해지면 꽤 살기 좋은 마을이긴 해."

"그렇구나. 우리나라도 이렇게 시끌벅적하면 재미있을 텐데~."

그건 관두는 편이 좋을 거야. 마을 사람들이 패닉을 일으킬 거라고.

나는 방금 그 무시무시한 발언을 무시하고 가게 안에 들어갔고 그녀도 아쉬운 눈길로 연기를 쳐다보며 따라왔다.

"나리~, 실례할게."

"실례라는 걸 알면 돌아가도록."

"나리는 여전히 손님한테도 무례하구나."

"상품을 사지 않는 자를 손님이라고 부르진 않지."

이런 매몰찬 대접에도 익숙해진 나는 개의치 않고 안으로 들어갔다.

"어이쿠, 위험하네."

그러다 발치에 있는 물체에 발이 걸려 넘어질 뻔 했다.

언뜻 쳐다보니 눈이 까뒤집힌 위즈가 굴러다니고 있었다. 또 괜한 상품을 사들인 바람에 나리한테 혼이 난 것 같았다.

"히익, 여자 시체가 굴러다녀!"

그것을 본 리오노르 공주가 눈을 한껏 치켜뜨며 겁먹었다.

"아, 이게 이 가게의 점주인 위즈야."

"잠깐만……. 느긋하게 설명이나 할 상황이 아니잖아! 빨리 프리스트를 불러와야 해!"

"괜찮아. 자주 있는 일이니까 안심해."

"자주 있는 일?! 어? 하, 하지만, 시꺼멓게 탄 채 숨도 안 쉬는 것 같잖아. 게다가 몸의 색소도 옅은 것 같지 않아?"

역시 이 광경에는 놀라고 만 건가.

리오노르 공주는 몸을 웅크리더니 겁먹은 표정을 하고 위즈를 손가락으로 톡톡 건드려 봤다.

"흠. 평소와 다르게 당황한 것 같구나, 양아치의 보호자여. 흠, 평소와 좀 달라 보인다만……. 호오, 그렇게 된 건가."

가면을 쓴 바닐 나리가 불쑥 다가오자 리오노르 공주는 몸을 뒤편으로 젖혔다.

역시 나리다. 한눈에 내다본 건가.

"아무래도 재미있는 사태가 벌어진 것 같구나. 자, 닮은꼴 아가씨. 뭐라도 좀 사지 않겠나?"

"닮은꼴 아가씨?"

이 가게의 물건을 살펴보던 융융이 방금 발언에 반응했다.

"아, 이 로사리오는 가지고 있기만 해도 호감형이 되나 봐."

"정말요?! 좀 보여주세요!"

융융은 방금 그 말에 바로 반응하더니 나를 밀쳐내며 그 마도구를 손에 들었다.

진짜 속이기 쉬운 녀석이야.

"저 가면, 대단하네. 한눈에 내 정체를 간파했어!"

리오노르 공주가 내 귓가에 입을 대고 흥분한 목소리로 그렇게 말해서 귀가 따가웠다.

"나리, 이 일은 비밀로 해줘. 남들에게 알려졌다간 성가신 일이 벌어질 거야."

"안심해라. 이 몸은 입이 무거운 것으로 이웃들에게 정평이 나 있지. 게다가 이 상품을 구매해준다면, 내 입은 더욱더 무거워질지도 모른다."

나리는 용도를 전혀 알 수 없는 물건을 들어 보였다.

"하아, 알았어. 그걸 살 테니까 부탁 좀 할게."

"구매 감사합니다~."

이 지출은 꽤 뼈아프지만 입막음 비용을 지불하지 않았다간 무슨 짓을 할지 모른다. 바닐 나리는 약속을 꼭 지키는만큼, 이 정도 선에서 해결된다면 차라리 잘된 거겠지.

"그런데 뭘 하러 온 거지? 어이쿠, 그대는 언제든 와도 된다. 돈도 개의치 마라. 무전취식을 하는 게 마음이 아프다면, 돈 대신 머리카락이나 손발톱 등을 주면 된다."

"응."

바닐 나리는 창가에 앉아서 과자와 차를 먹는 페이트포를 향해 상냥한 어조로 말했다.

화이트 드래곤인 페이트포의 몸이 산더미처럼 쌓인 보물

처럼 보이는 거겠지.

무모한 요구를 하지 않는다면 그냥 내버려 둬도 될 것이다.

"딱히 볼일은 없어. 그냥 리오…… 린이 이곳에 가보고 싶다고 해서 온 거야."

"호오, 네놈도 저 닮은꼴 아가씨의 뜻은 거역하지 못하나 보군. 저 소녀가 단골이 된다면, 상당한 이익을 기대할 수 있겠는걸. ……좋다. 혹시 곤란한 일이 생기면 도와주도록 하지."

바닐 나리가 아군이라면 믿음직하지만 대악마라 여간내기가 아니거든. 도움을 받기는 했어도 결국 내가 손해를 본 적이 몇 번 있다고.

"그렇게 되면 부탁 좀 할게, 나리."

"나만 믿어라. 그때는 저 먹보 소녀도 데리고 오도록. 성심성의를 다해 환대해주지."

"으, 응."

아무래도 표적은 내가 아니라 페이트포 같았다.

여기 더 있어봤자 쓸데없는 물건을 강매당할 것 같으니 두 사람을 데리고 빨리 나가도록 할까.

"위즈 씨, 이걸 가지고 있기만 해도 호감형이 된다는 게 사실인가요?!"

융융은 어느새 부활한 위즈에게 흥분한 어조로 질문했다.

"예, 진짜예요. 그것은 최근에 들인 마도구인데, 가지고 있기만 해도 상대방을 다가오게 하는 행운의 아이템이에요."

"살게요! 어떻게 쓰는지 가르쳐주세요!"

"이걸 목에 걸고 있으면, 남녀노소, 몬스터 가리지 않고 몰려드는……."

열띤 대화를 나누고 있는 두 사람의 목소리가 문 너머에서 들려왔다.

……저 가게의 물건을 팔아줄 것 같으니 융융은 그냥 두고 가야지.

"곧 해가 질 것 같은데? 길드에 돌아가서 술이나 마시자."

"모험가 같아서 좋네."

리오노르 공주는 왕족의 답답한 생활을 싫어해서 몇 번이나 왕성에서 탈주했다.

옛날부터 자유로운 모험가를 동경했으니 모험가다운 생활을 하게 해주면 만족할 것이다.

오른편에는 리오노르 공주, 왼편에는 페이트포.

이렇게 셋이서 행동하니 옛날 일이 생각났다.

길드로 향하던 도중, 문득 린이 걱정됐다.

"나리에게 린이 어쩌고 있는지 점쳐달라고 할 걸 그랬나."

다음에 마도구점에 가게 되면 부탁해야 겠다.

9

"대체 어디 가신 거지?! 이익, 구석구석 샅샅이 뒤지십시오! 장롱 서랍부터, 커튼 뒤편까지 전부 살피는 겁니다! 쓰레기통과 변기 안도 빠뜨리지 마십시오! 그분의 잠복 능력을 얕봐선 안 됩니다!"

기분 좋게 잠을 자고 있을 때 복도에서 사람들의 발소리와 고함이 들렸다.

"범죄자가 이곳으로 도망친 걸까?"

좀 비싼 여관에 방을 잡고 호사를 누리고 있었는데 최악의 형태로 잠에서 깨어났다.

도망친 범죄자······ 불길한 예감이 들었다.

"설마 더스트는 아니겠지? 만약 더스트라면 확 두들겨 패서 닥치게 만들어줘야지."

애용하는 지팡이를 쥐고 방문을 열어보니 밖에는 뜻밖의 광경이 펼쳐져 있었다.

여관 복도에서는 연미복을 입은 초로의 남성 집사와 메이드 몇 명이 뭔가를 열심히 찾고 있었다.

그들 이외에 병사로 보이는 이들도 있었다.

"무슨 일이지?"

좀 비싼 여관이기는 해도 집사나 메이드가 있는 귀족용 여관은 아니다. 어제도 저런 사람들은 없었다.

"지붕 밑과 융단 아래까지 살피세요. 그분이라면 그런 곳에도 충분히 숨을 수 있습니다. 상식을 버리고 탐색하십시오. 발견 즉시 사람들을 부르도록 하세요. 절대 혼자 다가

가면 안 됩니다. 그리고 무슨 말을 하든 절대 들은 척도 하지 마세요. 인심 장악술과 화술이 뛰어난 분이니까요."

도둑을 잡는 것치고는 너무 호들갑스럽네. 집사나 메이드가 범죄자를 쫓는 것도 말이 안 돼.

더스트와는 연관이 없는 것 같고 얽히지 않는 편이 좋겠지. 아직 졸리니까 한숨 더 자야겠다.

문을 닫으려던 순간, 초로의 집사와 눈이 마주쳤다.

그는 나를 손가락으로 가리키며 부들부들 떨었다.

뒤편에 누가 있나 싶어 돌아봤지만 아무도 없었다.

다시 초로의 집사를 쳐다보니 마침 숨을 크게 들이마시고 있었다.

"공주님을 발견했습니다! 여러분, 포박하세요오오오오!"

그가 영문 모를 소리를 지르자 메이드와 병사들이 희번덕거리는 눈길로 나를 쳐다보았다.

"잠깐, 뭐야, 어?!"

사람들이 일제히 나에게 몰려들었다.

당황한 나머지 문을 닫으려 했지만 방 안으로 뛰어든 메이드들이 내 팔과 허리를 부여잡았다.

"뭐하는 거야? 나는 아무 짓도 안 했거든?! 혹시 더스트가 사고라도 쳤어?"

"영문 모를 소리를 하시는군요. 리오노르 공주님, 이제 그만 포기하시지요."

"잠깐만 있어 봐. 방금 공주님이라고 했지? 나는 모험가인 린이야. 잘 봐. 하나도 닮지 않았거든?"

나를 공주로 착각한 거라면 이 상황은 간단히 해결된다.

가까이에서 내 얼굴을 살펴보면 내가 공주가 아니라는 게 판명될 것이다.

집사와 메이드들이 내 얼굴을 뚫어지게 쳐다보았다. 내가 보라고 말하기는 했지만 그래도 좀 부끄러웠다.

"어때? 사람 잘못 본 걸 알았지? 그러면 빨리 놔……."

"틀림없는 리오노르 공주님이시군요. 머리카락 색을 갈색 으로 바꾼다고 속일 수 있을 줄 알았습니까?"

"머리카락 색을 바꾸는 허술한 변장만으로 타인 느낌을 자아내는 고등 테크닉 아닐까요?"

"약아빠진 공주님이라면 충분히 가능할 것 같군요."

집사와 메이드는 사람의 말을 믿는 건 고사하고 더욱 깊 이 의심하고 있었다.

"저기, 그만 좀 해. 내가 모험가인지 아닌지, 길드에 가서 확인해보면 바로 알 수—."

"그 수법은 안 통합니다. 여러분, 이대로 공주님을 마차까 지 모셔 주십시오!"

"""예!"""

그들은 내 말을 끊고 밧줄로 꽁꽁 묶더니 메이드들이 나 를 들었다. 마치 짐짝처럼 옮겨서 여관 밖에 세워둔 마차에 그대로 집어넣었다.

마차 안에는 쿠션이 달린 좌석이 있었고 호화로운 장식을 보아하니 이 마차의 주인은 꽤 지위가 높은 인물 같았다.

"저, 저기, 진짜로 사람 잘못 본 거야! 화 안 낼 테니까 풀어줘!"

"공주님, 아직도 그런 허황된 소리를 하시는 겁니까. 공주님이 태어날 때부터 모셔온 제가 공주님을 알아보지 못할 리가 없지 않습니까. 방금 그 말은 제 눈이 옹이구멍이란 소리나 다름없습니다."

"옹이구멍 맞네!"

내가 무슨 말을 하든 들은 척도 하지 않고 마차는 어딘가를 향해 달려갔다.

이제 어떻게 되는 걸까.

꼭 이럴 때면, 그 바보가 히죽거리는 얼굴이 머릿속에 떠올랐다. 아니꼽지만…… 더스트, 구해줘!

제2장 │ 저 도피행의 진상을

1

"모험가 하면 한밤의 술판이지! 이 샤와샤와~하는 목넘김의 음료는 참 재미있네. 꽤 마음에 들어!"

넘칠 만큼 컵에 담긴 네로이드를 들이켠 뒤 희희낙락하고 있는 건, 린으로 변장한 리오노르 공주였다.

아까 길드의 술집으로 돌아온 우리는 해가 지기도 전에 술판을 벌였고 지금에 이르렀다.

"술은 적당히 마셔. 정체가 들통나면 곤란하잖아? 지금은 키스와 테일러가 없으니 괜찮지만 말이야."

"걱정 붙들어 매. 내가 술을 잘 마시는 건 알고 있잖아?"

공주인데도 술고래라는 건 싫증이 날 정도로 잘 알고 있다.

술에 취한 공주가 일으킨 소동에 휘말린 적은 두 손 두 발을 다 동원해도 셀 수 없을 만큼 많았다.

그때마다 국왕과 집사 영감 앞에 끌려가서 공주와 함께 설교를 들어야만 했던 것이다.

게다가…… 공주가 얽힌 에피소드 중에서 술 관련으로는

정말 떠올리기도 싫은 추억이…….

"알고 있어서 조심하는 거야."

"그~것~보~다~ 린 양과는 진도를 어디까지 나갔어? 이미, 갈 데까지 간 사이야?"

"푸우우웁! 쿨럭쿨럭. 가, 갑자기 무슨 소리를 하는 거야?"

"정말, 더럽다니깐."

이상한 소리를 입에 담은 리오노르 공주를 향해 무심코 입안의 술을 뿜고 말았다.

동요한 나머지 술이 기관지에 들어갔다.

"반응을 보아하니, 아직 그렇고 그런 사이는 아닌가 보네."

"시끄러워. 너와는 상관없잖아."

"양아치처럼 행동하지만, 그쪽으로는 아직 쑥맥인 거구나."

"내버려 둬."

"키스는 했지? 손은 잡았지? 왜 눈을 피하는 거야? ……어, 혹시 아직 사귀지 않는 거야? 어, 잠깐만. 설마 짝사랑 중이야?! 내 조사에 따르면, 네가 열렬히 구애했다던데?"

어떻게 조사한 거야, 하고 묻고 싶었지만 「우리 나라의 첩보기관으로」 같은 무시무시한 대답을 들을까 봐 무서워서 참았다.

정말, 이 사람은 성가시다. 내가 싫어하는 걸 알면 괜히 더 캐물을 것이다.

지금도 즐거워 죽겠다는 듯이 히죽거리고 있다.

팔꿈치로 내 옆구리를 찌르지 마.

"하지만 좀 안심했어. 나라에서 추방당해서 삐뚤어졌나 했더니, 꽤 인생을 즐기고 있잖아."

"덕분에."

"빈정거리는 것 같지만, 진심이 섞여 있네. 그래~. 내가 없어도 즐겁게 지내는구나. 그래~. 흐음~."

어찌 된 건지 리오노르 공주가 도끼눈으로 나를 쳐다봤다.

왜 화내는 거야. 옛날부터 이분이 무슨 생각을 하는지 알 수 없었다.

"나는 성에 갇혀서 갑갑한 생활을 하고 있는데, 라인은 자유분방하게 살고 있구나. 훌쩍훌쩍."

"입으로 훌쩍훌쩍 같은 소리 내지 마. 그리고 눈물도 안 나오잖아."

고개를 숙인 채 우는 시늉을 하고 있지만 저 시늉은 하도 많이 봐서 질렸다.

한눈에 간파당해서 불만인 건지, 리오노르 공주가 나를 노려보았다.

"귀여운 구석이 완전히 실종됐네. 옛날에는 완전 샌님이라 놀리는 맛이 있었는데 말이야. 이렇게 닳고 닳은 반응을 보일 줄은 몰랐어."

"어디 사는 누구 씨가 단련시켜준 덕분이야."

"도움이 되었다니 영광이군요, 오호호호호."

리오노르 공주는 입가에 손을 대고 일부러 기품 있는 웃음을 흘렸다.

고국에서 추방당하는 원인이 된 리오노르 공주와의 도피행.

그것은 사랑의 도피행으로 포장되어 미담으로서 널리 알려져 있다. 융융과 아이리스가 푹 빠질 만한 내용으로 이야기가 각색된 것이다.

하지만, 사실은 꿈많은 소녀들이 좋아할 만한 이야기가 아니다.

전속 기사로서 말괄량이 공주를 떠맡게 된 고지식한 남자가 불쌍하게도 공주에게 휘둘리며 물들어버리고 만 희극에 지나지 않는다.

2

"거기까지!"

단장의 목소리를 듣고 자세를 풀었다. 내 주위에는 무릎을 꿇고 있는 몇 명의 기사가 있었다.

"젠장, 또 제대로 맞서보지도 못했어."

"선배는 너무 강하다고요!"

동료인 드래곤나이트와 후보생 한 명이 거친 숨을 내쉬면서 나를 쳐다보았다.

한 사람은 분통을 터뜨리고 다른 한 명은 존경에 찬 눈길로…….

"어이어이, 다수를 상대로 압승하는 거냐. 역시 천재 기사라 불릴 만 한걸."

"호흡도 흐트러지지 않는다니, 믿기지 않아."

견학하던 기사들의 찬사에는 약간의 두려움도 섞여 있는 것처럼 느껴졌다.

"다들 라인을 본받아 더욱 정진하도록! 오늘 훈련은 이쯤에서 끝내겠다!"

오늘은 이걸로 끝인가.

방으로 돌아가는 동료들의 뒷모습을 바라본 후 나는 다른 방향으로 걸어갔다.

"리오노르 공주님, 리오노르 공주님. 빨리 일어나세요."

입만 다물고 있으면 아름답기 그지없는 공주님이 화이트 드래곤의 꼬리를 베개 삼아 잠을 자고 있었다.

드래곤을 기르는 축사에서 드래곤과 함께 잠을 자는 건 말도 안 되는 일이지만 나는 놀라지도 않았다.

다리를 쩍 벌리고 배를 긁어대는 모습에도 익숙해졌기에 이제 와서 놀라거나 경멸하지도 않았다. 오히려 리오노르 공주다운 모습이라고 여겼다.

"으음, 5년만 더 잘게……. 지금은 깊이 잠들었으니까, 덮쳐도 저항 못 해. 흠냐흠냐."

"잠꼬대랍시고 또렷한 목소리로 그런 소리 늘어놓지 마시

죠. 그런 짓을 할 생각은 애초에 없으니, 빨리 일어나 주세요. 그리고 지금은 수업 시간 아닌가요? 자기가 공주라는 걸 자각하고 있긴 한 겁니까? 이 나라의 왕족으로서 긍지를 가지고…… 앗! 페이트포의 품속에 들어가지 마세요! 옷이 더러워지면 나중에 제가 또 혼난다고요!"

나는 도망치려 하는 공주의 발을 반사적으로 움켜잡았다.

"꺄아~, 라인이 나를 더럽히려고 해~."

"자기가 직접 더럽히고 있잖아요! ……어쩔 수 없네요. 페이트포, 깨물어버려. 얼굴 같은 보이는 곳은 안 돼."

"뭐, 뭐어?! 안 돼. 이 백옥 같은 피부에 상처가 나는 건, 국가적인 손실이야. 그러니까, 정말, 하지 마, 포! 안 돼애애 애애앳!"

허둥지둥 얼굴을 밖으로 내민 리오노르 공주를 포획한 후 저항하는 그녀를 억지로 끌어냈다.

"한 나라의 공주에게 이런 무례를 범하다니, 용서하지 않을 거예요."

흙먼지로 범벅이 된 채 공주의 권위를 뽐내봤자 설득력이 눈곱만큼도 없다.

"그렇습니까. 그렇다면 저를 공주님의 전속 기사에서 해임시켜 주시죠."

"그, 건, 안, 돼. 놀렸을 때 가장 재미있는 반응을 보이는 사람이 라인인걸. 그리고 비슷한 또래의 기사는 너 뿐이잖아."

"하아아아아아아아아아아아아아아아아아."

나는 혼이 빠져나가는 것 같을 정도로 크게 한숨을 내쉬었다.

젊은 천재 드래곤나이트라 불리면서 순풍에 돛단 듯한 미래가 약속된 줄 알았더니, 설마 이 말괄량이 공주…… 말이 좀 심했다. 소문 자자한 공주를 돌보게 될 줄이야.

입만 다물고 얌전히 있으면 이상적인 공주지만 입만 열었다 하면 왕성에서의 생활에 대한 불평불만을 늘어놨다. 공식적인 자리 이외에서는 말썽꾸러기, 개구쟁이, 말괄량이 그 자체다.

드래곤나이트 서훈식 때 저 겉모습만 보고 홀랑 속아 넘어가서, 리오노르 공주의 전속 기사로 뽑혔다는 말을 듣고 진심으로 기뻐한 자신을 과거로 되돌아가서 두들겨 패주고 싶다.

"왜 주먹을 말아쥔 채 부들부들 떨고 있는 거야? 아하~, 내가 잠든 모습을 보고 흥분했지만 외람된 짓이라 참았던 것을 이제 와서 후회하고 있는 거구나. 홋, 나는 정말 죄 많은 여자야."

흙범벅이 된 공주가 늘어놓는 말을 무시한 나는 페이트포의 몸을 천으로 닦았다.

기분이 좋은지 눈을 가늘게 뜬 페이트포가 내 얼굴에 볼을 비볐다.

어디 사는 누구 씨와 달리, 너는 참 착한 애구나.

"잠깐, 나를 무시하지 마!"

"공주님, 장난은 끝나셨나요?"

나는 발을 동동 구르며 날뛰고 있는 리오노르 공주를 향해 고개를 돌렸다.

"나, 화났거든?! 용서받고 싶으면, 공주님이 아니라 리오노르라고 불러."

"그건 무리예요."

"신분이 다르지만, 나는 라인을 대등한 존재라고 생각해. 그러니까 단둘이 있을 때는 반말을 해도 된다고 항상 말했지?"

무리한 요구는 참아줬으면 한다. 한 나라의 공주에게 반말을 하는 건 너무 황송해서 무리다.

게다가 공주가 시키는 대로 「리오노르」라고 부르는 모습을 누가 목격하기라도 했다간 난리가 날 것이다.

억지만 부리며 나를 곤란하게 만드는 공주님에게 다가간 나는 아무 말 없이 손을 내밀었다.

"뭐, 뭐야. 주인을 건드리려는 거야?! 으음, 저기, 무슨 말 좀 해 봐. 표정이 무섭거든? 내, 내가 잘못했으니까 무슨 말이라도 하란 말이야."

나는 눈을 꼭 감은 공주의 어깨와 팔뚝을 손으로 털어줬다.

"어."

"이렇게 더러워진 채로 돌아갔다간, 한 소리 들을 테니까요."

눈에 띄는 먼지를 전부 털어냈지만 아직 남은 게 있었다.

항상 놀림을 당했으니 때로는 이런 소소한 복수를 해도 될 거라는 생각이 들었다.

슬며시 눈을 뜬 리오노르 공주는 자신이 당했다는 것을 눈치채고 볼을 부풀리며 발끈하려 했다.

하지만 곧 뭔가를 생각하더니 히죽거리기 시작했다.

저것은 나쁜 꿍꿍이가 생각났을 때의 표정이다.

"먼지를 털어줬구나. 고마워. 하지만 이런 곳에 먼지가 남아 있네~. 이건 안 털어줄 거야?"

공주는 몸을 배배 꼬면서 앞으로 숙인 후, 두 팔로 가슴을 모으며 가슴팍의 먼지를 강조했다.

이분을 처음 만났을 즈음의 나였다면 황송함과 부끄러움 때문에 얼굴이 벌게졌을 것이다.

"먼지가 붙어 있네요. 털어드리죠."

나는 주저 없이 가슴 위편을 손으로 털어줬다.

도발하기는 했지만 내가 이렇게 나올 거라고는 생각도 못한 건지, 리오노르 공주는 경악을 금치 못하고 그대로 굳어 버렸다.

"이제 좀 봐줄 만 해졌네요."

"자, 잠깐만! 숙녀의 가슴을 만져놓고 이렇게 밋밋한 반응을 보이는 거야?!"

"가슴 같은 건 지방으로 가득 찬 가죽 주머니에 지나지 않잖아요?"

"……여자로서 방금 그 발언은 흘려넘길 수 없어. 전부터 느꼈던 건데, 너는 이성에 대해 너무 무덤덤해. 설교 좀 해야겠으니까 여기 좀 앉아봐."

그 후, 여성의 가슴이 얼마나 소중한 것인지에 관해 해가 질 때까지 설교를 들어야 했다.

결과적으로 밤늦게까지 리오노르 공주와 함께 드래곤 축사에 있었던 것 때문에 혼이 나고 말았다. 정말 어처구니가 없다.

하지만 이번에는 공주도 같이 설교를 들었다. 내가 피해자라는 것을 다른 분들도 알고 있는 건지 예상보다 빨리 풀려났다. ……그래도 한밤중이 됐지만 말이다.

왕과 기사단장이 나를 꾸짖으면서도 미안한 표정으로 힐끔힐끔 쳐다보는 것이 인상적이었다.

천방지축인 딸 때문에 속을 썩이던 왕은 고지식한 나를 딸의 곁에 붙여두면 서로가 영향을 받아 딸이 조금은 나아지지 않을까? 같은 기대를 삼아 이 인사를 단행한 것 같았다.

안뜰에서 알현실을 올려다보니 아직도 불이 켜져 있었다. 리오노르 공주는 아직 잡혀 있는 것 같다. 이 만큼이나 혼나면 조금은 반성할 것이다.

……그 공주가 반성이라는 걸 하긴 할까.

다음 날 밤, 눈앞에 공주가 있었다.

낮에는 얌전히 지냈지만 밤에 드래곤들이 잘 있는지 보려고 축사에 와보니 공주가 이곳에 있었다.

나보다 오랫동안 설교를 들었을 텐데도 아무렇지 않은 얼굴로 드래곤 축사에 온 공주를 보고 혀를 내둘렀다.

"어제, 폐하께서 내일은 온종일 방 밖으로 나가지 말라고 말씀하셨을 텐데요?"

"괜찮아. 어제 자정 지나서까지 설교를 들었으니까, 아직 오늘이거든."

"또 순 억지를……. 오늘은 혼자 혼나세요."

"동고동락은 참 멋진 말이라고 생각하지 않아?"

"생각 안 해요."

"이제부터는 동지니까, 나한테 반말을 써도 돼."

"동지 아니니까, 반말을 쓰지 않겠어요."

반성이라고는 눈곱만큼도 하지 않았다.

예전부터 제멋대로에 자유분방했지만 최근 들어 탈주하는 페이스가 빨라졌다.

예전에는 드래곤 축사에도 일주일에 두 번 오면 많이 온 것이었는데 요즘은 이틀에 한번 꼴로 왔다.

왜 이렇게 빈번히 이곳에 오는 걸까. 짚이는 것은 있다. 이곳에 올 때마다 입에 담는 그것이 목적인 게 틀림없다.

"저기, 이제 그만 드래곤에 태워줘."

"안 됩니다."

나는 공주가 말을 마치기도 전에 대답했다.

예상했던 말이라서 미리 준비한 대답을 바로 입에 담은 것이다.

"어째서?! 요즘 들어 융통성이 조금은 생긴 것 같더니……."

리오노르 공주가 방금 한 말은 거짓말이 아니다.

나는 예전부터 동료와 기사단장에게 「고지식하고 너무 성실하다」는 주의를 몇 번이나 들었다.

하지만 요즘 들어 「조금은 말이 통하게 됐는걸, 사고방식도 유연해졌잖아」라고 기사단장에게 칭찬을 들었다. 좋은 쪽으로든 나쁜 쪽으로든 리오노르 공주의 영향을 받아서 그렇게 된 것이다.

전속 기사란 이름의 돌보미로 임명되고, 이 말괄량이의 언동에 휘둘리며 갖은 문제에 대처하다 보니 원치 않게 유연성과 대응력을 기르게 됐다.

붙임성이 좋아져서 이야기를 나누기 쉬워졌다며 다른 드래곤나이트들 사이의 평판이 좋아졌으니까 그 점만큼은 고맙게 생각하고 있다.

"저는 드래곤나이트란 직업에 긍지를 가지고 있습니다. 놀이 삼아 남을 태워줄 수는 없어요."

"공주의 명령이니, 시키는 대로 해!"

"무리예요. 위험하기도 하고, 비상사태를 제외하면 허가 없이 드래곤의 등에 누군가를 태우는 건 금지되어 있죠."

"그래도 태워달란 말이야! 특별히 방금 벗은 따끈따끈한 내 속옷을 줄게."

공주는 치마 안에 손을 집어넣어서 속옷을 벗으려 했다.

"됐습니다. 더러우니까 벗지 마세요."

나는 말을 끝까지 듣지도 않고 답했다.

농담이라고 생각하지만 말리지 않았다간 진짜로 강행할지도 모른다.

그래도 처음 만났던 시절에 비하면 리오노르 공주도 조신함과 상식을 조금은 갖추게 됐다고 생각한다. ……예전에는 상상을 초월할 정도였다.

서로에게 영향을 받은 결과가 지금 이 상황인 것이다.

"혹시 그 나이에 벌써 성욕이 메말라버린 거야? 불쌍해라……."

"멋대로 불쌍하게 여기지 말아주세요. 기사는 자기 자신을 규제하며, 국민의 모범이 되어야 한다고 생각해요. 긍지를 가슴에 품고—."

"툭하면 긍지, 긍지. 요즘 성실한 기사는 인기 없거든?"

"관심 끄세요."

때때로 「좀 놀면서 쉬엄쉬엄 하는 건 어때?」 같은 소리를 하며 나를 비난하는 사람이 있다. 성실한 것이 뭐가 문제인 건지 이해가 안 됐다.

자유롭게 제멋대로 사는 인간의 나쁜 예시가 눈앞에 있기에 더 그런 생각이 들었다.

"저기, 지금 건방진 생각을 하지 않았어?"

"하하하, 무슨 말씀이신지 모르겠군요."

 나는 공주와 시선을 맞추지 않고 페이트포를 계속 돌봤다.

 그런 내 주위를 빙글빙글 돌면서 뚫어지게 쳐다보는 리오노르 공주가 성가시기 그지없었다.

 하지만 오늘은 평소보다 더 끈질긴걸. 게다가 평소보다 텐션이 조금 높은 느낌이 들었다. 지그시 나를 쳐다보는 공주를 쳐다보니 우리의 시선이 마주쳤다. ……뭐가 하고 싶은 걸까.

 그 후로도 아무 말 없이 내 주위를 빙빙 돌던 공주가 갑자기 멈춰 섰다.

"라인, 나한테 시간이 없다는 건 알고 있지?"

 아까까지와는 달리, 공주는 차분한 목소리로 말했다.

"…………."

"모레, 나는 다른 나라로 시집을 가. 부모님이 정한 결혼 상대의 곁으로 가는 거야."

 왕족으로 태어난 여성에게는 그것이 당연한 일이다.

 남보다 유복한 생활을 할 수 있는 대신에 자유를 희생해야 하며 의무가 뒤따른다.

 리오노르 공주는 거기에 저항하듯 자유분방하게 행동했

다. ……반 이상은 성격 탓이라고 생각하지만.

"하지만 나는…… 겨우 몇 번 만나본 남자와 평생을 같이하는 걸 견딜 수 없어. 그런 거짓된 자유가 아니라, 진정한 자유를 알고 싶어! 부탁이야, 라인 셰이커. 나를 데리고 도망쳐!"

리오노르 공주는 내 손을 감싸듯 움켜쥐더니 진지한 눈길로 내 눈동자를 꿰뚫듯 응시했다.

명령하는 말투지만 그 목소리와 손길은 떨리고 있었다.

평소처럼 가벼운 어조로 답해서는 안 된다. 진심에는 진심으로 답해야 한다.

"저는……."

정에 휩쓸려 공주를 데리고 도망쳤다간 큰 문제가 될 것이다. 드래곤나이트에서 해임되고 최악의 사태도 각오해야만 한다.

거절해야 마땅하다. 그것은 알고 있다. 알고는 있다.

"리오노르 공주님. 저는……."

"라인. 내가 실은 누구와 함께하고 싶어 하는지…… 알고 있지? 딱 하루만이라도 좋아. 너와 함께 아직 본 적 없는 세계를 보고 싶어."

눈물에 젖은 리오노르 공주의 눈에서 시선을 뗄 수가 없었다.

이런 말을 듣는다면 동료들에게 벽창호 소리를 듣는 나라도 눈치채고 만다. 아니, 예전부터 어렴풋이 알고는 있었다.

공주의 마음도, 나 자신의 마음도…….

내가 거절한다면 우리는 그저 주종 관계로서 끝난다. 고민할 필요는 없다.

공주를 향한 이 연모의 정도 참으면 될 일이다. 왕족, 그리고 불면 그대로 날아갈 듯한 약소 귀족의 후계자. 이루어질 리 없다는 건 애초부터 알고 있었다.

그러니 신하로서, 공주의 기사로서, 책무를 다하면 된다.

하지만, 나는…….

아무 말 없이 페이트포에게 안장을 얹은 후 올라탔다.

그리고 리오노르 공주를 향해 손을 뻗고—.

"……딱 하루만이에요."

—목소리를 쥐어 짜내서 그렇게 말했다. 내일 돌아오면 모레 열릴 식에 공주가 참가할 수 있을 것이다.

"고마워, 라인!"

리오노르 공주는 환한 목소리로 그렇게 말하고 내 손을 움켜잡더니 그대로 안장에 올라탔다.

그리고 내 허리에 팔을 두른 뒤 꼭 끌어안았다.

뒤편을 쳐다보자 환하게 웃고 있는 리오노르 공주의 얼굴이 눈에 들어왔다.

자신이 얼마나 물러터진 놈인지, 그리고 공주를 향한 마음을 재확인한 나는 한숨을 내쉬었다.

항상 휘둘렸을 뿐만 아니라 공주가 친 말도 안 되는 사고를 수습해야만 했으나 때때로 보이는 상냥함과 구김 없는 미소에 어느새 매료되고 말았다.

이런 짓을 해버린 나는 드래곤나이트라는 지위를 박탈당할 뿐만 아니라 극형에 처할지도 모른다.

그래도 공주의 소망을 이뤄줄 수만 있다면 후회는 없다.

"아, 잠깐만 기다려. 저걸 가져가야 해."

내 손을 놓고 안장에서 뛰어내린 공주는 드래곤 축사의 구석으로 가더니 나무 상자 뒤편에 숨겨둔 배낭을 가지고 왔다.

"공주님, 그게 뭐죠?"

"도주를 위해 미리 준비를 해뒀거든. 국고에서 돈 될 만한 걸 챙겨왔어."

공주가 그렇게 말하고 배낭을 벌렸는데 그 안에는 보석과 귀금속이 가득 들어있었다.

오늘 도망치기로 미리 정해뒀던 것처럼 준비가 철저했다. 아까까지의 애처로움은 어디로 가버린 건지 얼굴에는 꿈과 희망으로 가득 찬 미소가 어려 있었다.

"쇠뿔도 단김에 빼라잖아! 어서 대륙으로 떠나자, 페이트포!"

공주는 허리에 손을 대고 다른 한 손으로 밤하늘을 가리켰다.

……생각이 짧았던 걸지도 모른다.

"역시 이 일은 그냥 없었던 걸로—."

"기사는 한번 한 약속을 어기지 않지? 긍지는 어디 간 거야?"

"윽."

"만약 약속을 어긴다면 너무 슬퍼서…… 목청껏 울부짖을지도 몰라. 라인에게 내 소중한 것을 빼앗겼다고 외치면서 말이야!"

"오해 사기 딱 좋은 발언 좀 자제해 주시지 않겠어요?!"

안 되겠네요, 그냥 관두죠, 같은 소리를 할 상황이 아니었다.

"라인, 안심해. 나와 같이 도피행을 했다가 벌을 받지는 않을까 걱정하는 거지? 괜찮아. 편지를 두고 왔거든."

상냥한 미소를 짓고 있는 리오노르 공주의 얼굴을 보고 안심……할 수 있을 리가 없다. 지금까지의 경험에 비춰볼 때 저것은 성가신 짓을 벌였을 때의 표정이다.

"그 편지에는 뭐라고 적어두셨죠?"

"그게 말이지. 『저는 진실된 사랑을 위해 라인과 함께 여행을 떠나요. 찾지 말아 주세요. 결코, 라인에게 협박을 당해서 쓴 것이 아니에요. 그러니, 쫓아오지 마세요. 죽고 싶지 않단 말이에요』라고 적어뒀어."

"……그런 걸 적어두면 어떻게 해요! 다른 사람이 그걸 보면 제가 이 일을 꾸몄다고 의심할 거라고요! 지금 바로 편지를 회수해 주세요!"

공주와 가까운 사람들은 그녀의 본성을 알기 때문에 내

가 휘말렸을 뿐이라는 것을 이해할 것이다. 하지만 본성을 모르는 이들이 그 편지를 본다면 내가 협박 및 유괴를 했다고만 생각할 게 뻔하다.

"미안해, 라인. 이미 늦은 것 같아."

"그게 무슨……."

"어머, 이런 곳에 공주님의 편지가 있네! 거짓말, 라인 님이 리오노르 공주님과 함께 사랑의 도피행을 한다고 적혀 있어요. 그것 말고도―."

리오노르 공주와 사이가 좋은 메이드 중 한 명의 고함이 들렸다.

놀랐다는 말과 달리, 편지의 내용을 한 글자 한 글자 또박또박 읽고 있었다. 마치 주위에 있는 사람들에게 들려주려는 것처럼 말이다.

"……공주님. 저 메이드는 협력자죠? 얼마 주고 매수한 거예요?"

"무슨 소리를 하는 건지 모르겠네~, 에헷."

공주는 머리에 꿀밤을 날리면서 혀를 날름했지만 저 모습이 귀엽다고 생각할 여유는 마음속에 전혀 없었다.

어, 어쩌지! 이제라도 돌아가서 변명을 할까?

"젠장, 그 자식이 결국 이딴 짓을 벌인 거냐! 전부터 진짜 짜증나는 녀석이었다고!"

저건 툭하면 내 라이벌을 자처하던 성가신 드래곤나이트

동료의 목소리다.

"어머나. 상황을 보아하니 무슨 소리를 해봤자 들은 척도 해주지 않을 것 같네. 어쩌면 범죄자 취급을 하고 바로 칼을 휘둘러댈지도 몰라."

이, 이분은 정말……!

리오노르 공주는 히죽거리면서 나에게 다가왔다. 여기까지 전부 계산한 걸까.

"……하지만 말이야. 진짜로 싫다면 관둬도 돼. 지금까지도 매우 즐거웠거든. 전부 장난이었다고 내가 아버님에게 말할게. 아버님은 나한테 무르니까, 용서해줄 거야."

공주는 어깨를 으쓱하면서 웃었다.

저렇게 쓸쓸한 미소를 흘리면—.

"무슨 소리를 하는 거예요. 빨리 가죠."

다시 리오노르 공주의 손을 잡아 당겨 페이트포의 등에 태웠다.

"정말 괜찮겠어?"

"끈질기네요. 당신답지 않아요. 자, 가죠."

"응!"

눈가에 눈물이 맺힌 채 내 손을 움켜쥔 리오노르 공주의 얼굴은 이제까지 본 얼굴 중에서 가장 빛나고 있는 것처럼 보였다.

페이트포의 목덜미를 가볍게 쓰다듬어주고 고삐를 움켜쥐

었다.

그리고 거대한 몸을 일으키게 한 뒤에 드래곤 축사의 입구로 당당히 나갔다.

그러자 몇 명의 병사와 동료 기사들이 이곳으로 뛰어오는 모습이 보였다.

새하얀 날개를 펄럭여서 흙먼지를 일으켰다.

몸이 둥실 떠오르는 느낌이 감돌았다.

"라인, 아직 늦지 않았다. 바보짓은 관둬라!"

"공주님을 내려놔! 어차피 또 공주님의 억지에 휘말린 거잖아!"

말리는 이도 있는가 하면 사태의 전말을 이해하고 있는 이도 있었다.

하지만 이제는 멈출 수 없다.

뒤를 돌아보면 어린애처럼 들떠 있는 공주님의 얼굴이 눈에 들어왔다.

새하얀 용이 밤하늘에서 춤췄다.

그 등에는 젊은 기사와 아리따운 공주가 타고 있었다.

이 상황만이라면 아름다운 이야기의 한 페이지 같을 것이다.

"우와아아아앗, 엄청나네! 저 아래에서 허둥대는 사람들이 벌레 같아! 아, 저기 잔소리 심한 재상이 있네! 브레스 뿜어서 겁 좀 주면 안 돼?! 살짝 그을리게만 하면 괜찮을 거야! 레어로 익혀주자! 저기, 내 말 듣고 있어?!"

"실수한 걸까……."

잘 가거라, 출세 가도. 어서 와라, 가혹한 미래.

현실은 참 혹독해…….

3

한동안 떠드느라 지친 건지 드디어 공주는 입을 다물었다.

다른 드래곤나이트가 쫓아올지도 몰라서 드래곤 축사에 있던 고삐와 안장의 끈을 전부 끊어뒀는데, 그 덕분인지 아무도 쫓아오지 않았다.

참고로 그걸 자른 사람은 공주였다.

"가보고 싶은 곳이 있나요?"

성에서 멀어지는 것만 생각했기에 어디로 갈지는 생각하지 않았다.

역시 여자애답게, 아름다운 풍경을 볼 수 있는 장소를 바랄까.

"으음……. 우선 이 나라를 벗어나자. 지금은 밤이라 괜찮지만, 화이트 드래곤은 눈에 확 띄잖아. 이 나라에 있다간 금방 잡힐 거야. 이 밤이 끝나기 전에 이 나라를 벗어난 다음, 큰 숲이 근처에 있는 마을이나 도시로 가는 거야. 포를 숨긴 후에…… 참, 챙겨온 보석을 환금해서 돈으로 바꾸고 싶으니까, 좀 큰 마을이면 좋겠네."

소녀의 감성 같은 건 눈곱만큼도 느껴지지 않는 계획이었다.

혹시…….

"공주님. 제가 거절할 때에 대비해, 다른 탈주 방법을 생각해뒀던 건가요?"

"당연하잖아. 다섯 개 정도는 짜뒀어."

리오노르 공주는 태연한 어조로 그렇게 말했다.

……오늘 들어 몇 번 후회를 했는지 셀 마음도 들지 않았다. 이렇게 근성이 넘치는 걸 보면 분명 혼자서라도 탈주에 성공했을 것이다.

"하지만, 라인을 끌어들이는 게 가장 성공률이 높고…… 즐거울 것 같았어. 게다가, 라인이라면 어떻게든 해줄 거라고 믿었거든."

나는 불평을 하려다 그 말을 듣고 입을 다물었다.

내가 생각해도 참 단순하지만 좀 기쁘기도 했다.

"페이트포가 몸을 숨길 장소라면 적당한 곳이 있어요. 근처에 마을도 있으니까, 그곳으로 가죠. 예전에 임무 때문에 들렀던 적이 있는 곳이에요."

"그럼 거기로 가자."

이제 후회는 관뒀다. 지금 돌아가봤자 용서받을 수 있을리 없다.

그렇다면 각오를 다지자.

"그런데, 더 빠르게 날 수는 없는 거야? 자, 속도를 더 내도 돼. 이 속도에 질렸어. 용차(龍車)도 이것보다는 빠르잖아. 천재 드래곤나이트와 화이트 드래곤도 별것 아니네."

공주의 안전을 생각해 속도를 내지 않았더니 그녀는 이런 소리를 늘어놓으며 뒤에서 내 몸을 흔들어댔다.

그렇게 속도를 체감하고 싶다면 소원을 들어주도록 할까.

"페이트포, 전력으로 날아도 돼. 공주님, 제 허리를 꼭 잡으세요. 안 그러면 떨어질지도 모릅니다."

"허풍이 심하네. 나 지금 여유 넘쳐어어어어어어어!"

페이트포가 크게 날갯짓을 한 후 대각선 아래편으로 추락하듯 활공했다.

등 뒤에서 절규에 가까운 비명이 들려왔다. 아무래도 즐기고 있는 것 같았다.

"자, 잠깐마아아아안! 조, 좀, 속도 낮춰어어어어어엇!"

"아, 죄송해요. 잘 안 들리네요. 속도를 높이라고요? 알았어요, 전력을 다하죠."

"안 돼애애애애애애애!"

리오노르 공주가 무슨 말을 하든 무시하고 속도를 높였다.

이제까지의 일 때문에 짜증이 나서 못 들은 척하는 건 아니다. ……그 점은 오해하지 말아줬으면 한다.

서비스 삼아 공중 1회전과 급강하도 선보이자 리오노르 공주는 얌전해졌다.

이제 조용히 날 수 있겠는걸.

깎아지른 듯한 산의 정상 인근에 있는 오두막에 도착한 후 눈이 공허한 리오노르 공주를 내려줬다.

"나, 땅, 좋아."

몸을 웅크린 공주는 혼잣말을 중얼거리고 있었다.

오두막 안에 있는 사람에게 내가 말을 걸려던 순간, 문이 열렸다.

"이 한밤중에 대체 무슨…… 히이이이아아아앗!"

"영감, 이런 늦은 시간에 왜 괴성을 지르는 거예요? 드디어 노망이 난 건가요? 저는 돌봐주지 않을 거예…… 우햐아아아아앗!"

오두막 안에서 나온 노부부는 화이트 드래곤을 보더니 다리가 풀렸다.

"드래곤 유령이다!"

"진정하세요. 저번에 여기서 몬스터를 사냥했던 드래곤나이트, 라인입니다."

낯익은 노부부 앞에서 드래곤을 웅크리게 하고 상대방을 안심시켰다.

당황한 네 개의 눈동자가 나와 페이트포를 번갈아 쳐다보았다.

"너는, 아니 당신은 라인 님!"

"아, 몬스터에게 습격을 당했을 때 구해주셨던 그 기사님!"

"기억하고 계셨군요."

일전에 임무 때문에 이 근처를 지나던 도중에 몬스터에게 습격을 당하던 이들을 우연히 보고 구해준 적이 있다.

"극비 임무로 이분의 호위를 하고 있습니다. 답례는 할 테니, 한동안 이 애를 맡아 주시지 않겠습니까?"

"지금은 쓰지 않는 축사가 있는데, 거기라도 괜찮을까요?"

"라인 님의 부탁이라면 당연히 들어드려야지요."

"감사합니다. 그리고 거듭 죄송하지만, 해가 뜰 때까지 방 구석에서라도 좀 쉬면 안 될까요?"

자신은 지금부터 마을로 향해도 괜찮지만 리오노르 공주는 졸음과 피로 때문에 한계였다.

평소 같으면 자진해서 교섭했을 그녀가 한마디도 하지 않는다는 것이 한계에 도달했다는 증거였다.

노부부가 방을 하나 내줘서 리오노르 공주에게 침대를 양보한 나는 바닥에 주저앉았다.

육체와 정신이 상상 이상으로 지친 건지 나는 몰려오는 졸음을 견디지 못하고 그대로 의식의 끈을 놓고 말았다.

"다른 나라의 마을을 이렇게 돌아다니는 건 신선한 느낌이네."

"눈에 띄는 짓은 하지 말아주세요."

옆에서 나란히 걷고 있는 리오노르 공주에게 다짐을 받으려고 그렇게 말했다.

공주는 드레스가 아니라 눈에 띄지 않는 옷으로 갈아입었다. 이 옷은 탈주에 협력해준 메이드가 준비한 사복 같았다.

페이트포와 공주가 가지고 온 짐과 벗은 드레스는 산속에 있는 노부부의 집에 두고 왔다.

그 집에서 걸어서 한 시간 거리에 있는 마을에 도착했다. 신기하다는 듯이 주위를 둘러보고 있는 리오노르 공주의 행동은 시골 처녀 같아서 그다지 위화감이 없었다.

"그건 그렇고, 머리카락 색을 완벽하게 변화시켰군요."

"훗훗훗. 이 변장용 마도구, 변색 5호가 있으면 식은 죽 먹기거든."

공주는 호주머니에서 금속제 통을 꺼내보였다. 그것은 즉시 염색이 가능한 마도구이며, 리오노르 공주는 머리카락 색만이 아니라 벽에 낙서 같은 장난을 칠 때도 애용하고 있다.

참고로 마도구의 이름은 공주가 멋대로 붙인 것 같았다.

"라인도 갈색으로 물들일래?"

"원래 탁한 금색이니까 괜찮아요."

선명한 금색이라면 귀족이나 왕족이라는 의심을 받겠지만 내 금발은 그렇게 선명하지 않았다.

"공주님, 적당히 관광을 하고 돌아가죠."

"싫어. 기왕 일반 시민으로 위장했으니까, 더 즐거운 일을 하고 싶어. 그리고 공주님이라고 부르지 마. 정체가 들통나면 이 도망극이 끝난단 말이야."

"그럼 리오노르 님이라고 부르죠."

"본명도 안 돼. 아, 정 이름으로 부르고 싶다면 호칭 붙이지 말고 불러. 그럼 허락해줄게."

"그렇다면 가명을 생각해보도록 할까요."

그렇게 대꾸하자 공주는 볼을 부풀리며 삐쳤다. 왜 저렇게 내가 이름으로 부르는 것에 집착하는 걸까.

"그럼 이백 보 양보해서 가명을 쓸래. 으음, 프랑소와즈는 어떨까?"

"그 이름은 어디서 튀어나온 거죠? 그건 귀족 느낌이네요. 가명…… 그럼 리르 같은 게 괜찮지 않을까요?"

"안이한 이름이야. 그래도 그걸 쓸래. 오늘부터 나는 릴이야. 알았지?"

아무래도 납득한 것 같았다.

자, 이 말괄량이 공주님을 만족시키려면 어디에 데려가야 할까.

생각해보니 저번에는 기사로서 임무 때문에 온 거라서 이 마을의 명소 같은 건 모른다. 공주님을 잘 모시고 싶지만 이 마을에 관한 지식이 전혀 없는 것이다.

"맞아. 기왕이면 모험가가 되어보지 않을래?"

"농담하지 마세요. 리오노르 공주…… 리르 님이 위험에 처하게 할 수는 없어요."

본명을 입에 담는데 공주가 째려보았기에 정정했다.

"으으으~. 그럼 모험가는 다음 기회로 미뤄야겠네."

다음 기회라는 건 또 무슨 소리일까. 오늘 하루만 이렇게 돌아다니고 브라이들 왕국으로 돌아가기로 약속했는데……

그리고 내일이 되면 공주는 다른 나라로 시집을 간다. 원래 이런 일을 벌인다면 결혼이 취소되겠지만 이번 건은 왕국에서 총력을 다해 은폐할 것이다.

"그럼 보석을 환금할 수 있는 곳에 가자."

"환금을 할 거면 귀금속점이나 잡화점에 가서 팔아야겠네요."

"수상한 가게라면 헐값에 사려고 할지도 몰라. 귀금속을 취급하는 가게로 가자."

반대할 이유도 없었기에 대로변에서 가장 크고 화려한 보석점에 들어간 우리는, 가지고 있는 것 중에서 가장 작은 보석이 달린 목걸이를 팔았다.

그래도 이 가게에 진열된 모든 장식품보다 가치 있는 것이었고 거금을 손쉽게 손에 넣었다.

"이 정도면 여비로 충분할 거야."

"저는 보석의 가치를 잘 모르지만, 저건 팔아도 되는 물건이에요?"

"으음~, 거의 국보나 다름없는 녀석이란 말을 들었던 것 같은데, 아마 괜찮을 거야."

전혀 괜찮지 않다. ……그냥 못 들은 것으로 해야겠다.

군자금을 확보한 후 리오노르 공주는 마음껏 이 마을을 돌아다녔다. 대낮부터 해 질 녘까지 실컷 논 덕분에 만족한 것처럼 보였다.

"리르 님. 이제 그만 성으로 돌아가는 게 어떨까요?"

"으음, 조금만 더…… 라고 말하고 싶지만, 더는 억지를 부릴 수 없겠네. 알았어."

어, 뜻밖에도 순순히 동의했다.

리오노르 공주는 한순간의 자유를 원했을 뿐이었던 걸까. 다른 꿍꿍이가 있는 건 아닌지 의심한 스스로가 부끄럽다.

"마지막으로 같이 밥을 먹고 싶은데, 안 될까?"

이렇게 애절한 눈길로 올려다보며 애원하는데 거절할 수 있는 남자가 있을 리 없다.

나는 작게 한숨을 내쉰 후 미소를 지었다.

"물론 괜찮죠. 자, 가죠."

공주와 함께하는 마지막 만찬.

호화로운 가게가 아니라 서민적인 가게에서 좋아하는 음식을 먹자. 괜한 생각 하지 말고 이 소중한 한때를 함께 보내는 것이다.

4

……눈을 떠보니, 나무로 된 천장이 보였다.

"잠들었나?"

기억이 어렴풋했다. 나는 왜 자고 있는 걸까.

리오노르 공주와 식사를 하다, 공주가 권하는 술을 거절하는 것도 실례라는 생각이 들어 한 모금 마셨는데…… 그 후의 기억이 없다.

……어?

"지금, 몇 시지?!"

허둥지둥 상반신을 일으키고 창가의 커튼을 걷었다.

밖은 꽤 밝았으며, 태양이 하늘 한가운데에 떠 있었다.

"벌써, 점심때…… 어어어어엇!"

다른 나라로 시집을 가는 리오노르 공주가 결혼을 위해 출발해야 하는 시간은, 이미 지난 지 오래다!

"지금부터 전력을 다해 날아가면…… 우선, 페이트포가 있는 곳까지 돌아가는데 시간이 얼마나……. 어, 어, 어쩌면 좋지?!"

머리를 감싸 쥐고 필사적으로 생각했지만 타개책이 떠오르지 않았다.

늦었다는 건 알지만 돌아갈 수밖에 없다. 리오노르 공주는 어디 있지?!

방 안을 둘러보니 침대 구석에 벗은 속옷이 굴러다니고 있었다. ……그것도 여자 속옷이다.

이불을 슬며시 들어서 자신의 모습을 확인해보니 상반신

은 알몸이지만 속옷은 입고 있었다.

"서, 설마…… 마, 말도 안 돼."

나 자신을 믿자. 술기운 때문에 기억이 나지 않지만 그렇다고 넘지 말아야 할 선을 넘지는 않았다고 믿자. ……안, 넘었겠지?

그런 끈적끈적한 전개는 말도 안 된다고, 안 그래?

"정말, 아침부터 시끄럽네. 어제는 늦게까지 깨어있었으니까, 조금만 더 자자. 응?"

옆에서 목소리가 들려왔다.

고개를 슬며시 돌려서 그 목소리의 주인을 쳐다본 순간, 몸이 딱딱하게 굳어버려서 움직일 수 없었다. ……아니, 움직이고 싶지 않았다.

"어제는 참 격렬했어."

팔을 통해 부드럽기 그지없는 감촉이 직접적으로 느껴졌다.

끼기기기긱, 하고 녹슨 경첩에서 날 듯한 소리를 내면서 어찌어찌 옆을 보자…… 중요 부위만 겨우겨우 가리고 있는, 실오라기 하나 걸치지 않은 리오노르 공주가 있었다.

볼이 발그레한 것은 술기운이 남아있기 때문이라고 믿고 싶다.

"공주님, 저기 말이죠. 우선 옷을 입어주지 않겠어요?"

"정말, 이제 와서 뭘 부끄러워하는 거야. 어제 그렇게 뜨거운 밤을 함께 보낸 상대를 공주라고 부르는 것도 좀 그렇지 않아? 자, 연인 사이답게 어젯밤처럼 리오노르라고 불러줘."

공주가 요염한 목소리로 그렇게 속삭여서 등골이 오싹해졌다.

"화, 확인 삼아 묻는 건데요. 어제는 아무 일도 없었던 것 맞죠?"

실낱같은 희망을 부여잡고 그렇게 묻자 공주는 고개를 숙이며 이불을 꼭 움켜쥐었다.

이, 이 반응은······.

"너무해. 그렇게 정열적인 밤을 보내놓고, 전혀 기억 못 하는 거야? 달링, 나를 책임져 줄 거지?"

그 말을 듣고, 사태의 중차대함을 견디다 못한 내 정신이 의식의 끈을 놓아버렸다.

정신을 차려보니 창밖이 약간 어둑어둑했다.

너무 충격을 받아서 저녁때까지 의식을 잃고 있었던 걸까.

머뭇거리며 옆을 쳐다보자 침대 위에는 아무도 없었다. 굴러다니던 속옷도 사라졌다.

막중한 책임을 견디다 못해 의식을 잃은 나 자신이 한심했다.

전혀 기억이 나지 않지만 리오노르 공주의 순결을 빼앗은 거라면 책임을 져야만 한다.

"기사의 긍지······ 그리고 남자로서 당연히 그래야지. ······헉!"

자기 일만 생각했으나 지금 가장 불안을 느끼고 있을 사람은 다름 아닌 리오노르 공주다.

내 의지를 똑똑히 전해 안심시켜야만 한다.

이렇게 누워있을 때가 아니기에 자리에서 일어나 옷을 입고 있을 때, 침대 옆 테이블에 놓인 편지가 눈에 들어왔다.

그 편지 위에는 바람에 날아가지 않도록 조그마한 병이 놓여 있었으며 병에 붙은 라벨은 탁한 녹색이었다.

"공주님의 글씨야. 어디, 뭐라고 적혀 있을까?"

『안녕, 라인. 이제 나라로 돌아가더라도 결혼식을 치르러 가는 건 무리야. 아, 맞다. 어젯밤에 너는 내가 술에 탄 수면제를 먹고 아침까지 완전히 뻗어버렸어. 아무 일도 없었으니 안심해. 이걸로 시간은 벌었지만 혹시 모르니 내일 낮까지 종적을 감출 거야. 그, 러, 니, 까, 결혼식이 거행될 시간까지 나를 찾지 마. 당신이 사랑하는 리오노르 공주가.』

손에 쥔 편지를 으스러지도록 움켜쥐었다.

"고오오오옹주우우우우니이이이이이임!"

당했다! 완전히 한방 먹었다!

방을 뛰쳐나가서 이 여관의 카운터 직원에게 물어봤는데 오후 경에 혼자 이곳을 나섰다고 한다.

반드시 찾아낸 후 목에 밧줄을 걸고서라도 브라이들 왕국으로 끌고 가고 말겠다!

지금까지는 상대방이 공주라서 참았지만 더는 무리다. 용서 못 해!

한밤중까지 마을 안을 뛰어다니며 정보를 모았지만 공주의 행방을 찾을 수가 없었다.

그 마도구로 머리카락 색을 바꾸고 숨어 있는 것이다. 리오노르 공주가 진심으로 도망친다면 간단히 잡을 수는 없으리라.

공주는 툭하면 왕성에서 탈출 및 도주했고 수십 명이나 되는 병사와 메이드가 마을 안을 샅샅이 뒤져도 한나절 정도는 잡히지 않고 도망 다녔다.

도망 다니는데 질려서 성으로 돌아왔다가 잡히는 경우가 대다수였다.

그런 상대를 나 혼자서 찾아내는 건 무리다.

생각해라, 생각해.

결혼식에 가는 건 불가능해졌지만 이대로 농락당하기만 할 수는 없다.

어떻게든 잡아서 사과를 받아내야, 이 화가 가라앉을 것 같았다.

"공주가 들를 것 같은 술집이나 카지노에도 없었어. 정상적인 수단으로 찾아내는 건 불가능할 거야. 그럼 비정상적인 수단을 쓰면……."

어떤 방법이 생각난 나는 마을을 뛰쳐나간 후 목적지를 향해 전력 질주를 했다.

5

　"여, 여기는 마을 안이거든? 무, 무슨 생각인 거야아아아앗!"
　리오노르 공주는 울상을 지은 채 도망치고 있었다.
　예상대로, 머리카락을 갈색에서 검은색으로 변화시켰다.
　아무리 도망쳐도 소용없다. 상공에서 내려보고 있어서 뒷골목으로 도망치더라도 금방 찾을 수 있으니 무의미하다.
　"부질없는 저항하지 말고 항복하세요. 지금이라면 밧줄 꽁꽁 유람 비행 정도로 용서해드리죠."
　"싫어! 그리고 그 무시무시한 네이밍은 뭐야?! 그 성실하고, 무뚝뚝하며, 상냥하던 라인은 어디 간 거냐구!"
　저렇게 필사적으로 뛰면서도 할 말을 다 하는 공주를 보고 약간 감탄했다.
　"성실한 드래곤나이트는 어제 죽었어요! 나라로 돌아가봤자 변변찮은 미래만이 기다리고 있으니까요. 공주에게 휘둘리기만 하던 인생은 어제로 끝났다고요. 그러니 이번에는 제가 공주를 꽁꽁 묶어서 휘둘러댈까 해요."
　"물리적으로 그러는 건 좀 아니라고 생각해애애애앳!"
　페이트포에 올라탄 나는 상공에서 공주를 쫓고 있었다.

지상에서 찾을 수 없다면 하늘에서 찾으면 된다. 페이트포의 뛰어난 후각으로 수많은 인파 속에서도 공주의 체취를 찾아낼 수 있었다.

　이 방법에 문제가 있다면……. 마을 사람들이 활공하는 화이트 드래곤을 보고 얼이 나가버린다는 점일까.

　다른 나라에서 드래곤나이트가 이런 짓을 벌이면 국제적인 문제가 되겠지만 이제 내가 알 바 아니다.

　"잘못했어! 잘못했으니까 용서해줘어어어어!"

　한계에 도달한 건지 속도가 떨어지기 시작한 리오노르 공주와 나란히 뛰려는 듯이, 페이트포가 속도를 떨어뜨렸다.

　"그렇게까지 말씀하신다면 알았어요. 반성하고 있는 것 같으니 이대로 성으로 돌아가죠. 손이 발이 되도록 싹싹 빌면 용서받을 가능성이 조금은 남아있을지도 모르니까요. 그리고 제가 피해자라는 것도 밝혀주세요."

　나는 걸음을 멈추고 거친 숨을 내쉬는 공주에게 물통을 건네준 후 상냥한 어조로 말했다.

　이 정도 했으면 반성을 하고 조금은 행실이 얌전해질지도 모른다. 이번 혼담은 깨지겠지만 앞으로를 생각해 조금은 올바르게 살아줬으면 한다.

　"하아, 하아, 미안해."

　공주는 순순히 사과했다. 음음, 마음을 독하게 먹고 쫓아다닌 보람이 있는걸.

"정말 미안해!"

"어?"

리오노르 공주는 힘차게 뒤편에 있는 우리를 향해 돌아서더니 어느새 손에 쥐고 있던 가루를 뿌렸다.

"이런 애들 장난…… 엣취!"

모래를 던진 거라고 생각하며 방심했는데 그것은 후추였다. 나는 코가 약간 간질거릴 뿐이었지만 후추를 들이마신 페이트포는 코를 움켜쥐고 재채기를 반복했다.

"다음에 최고급 고기를 배부르게 사줄게!"

공주는 그 말을 남긴 뒤 뒷골목으로 사라졌다.

나는 지면에 떨어진 물통을 주워서 후추로 범벅이 된 페이트포의 얼굴을 씻겨줬다.

"자, 이제 봐줄 필요는 없겠지……."

내가 으르렁거리는 목소리로 낮게 중얼거리자 커다란 눈동자가 벌게진 페이트포가 힘차게 고개를 끄덕였다.

이 정도로 우리를 업신여기는 것을 보면 이미 각오는 되었으리라. 전력을 다해 술래잡기를 시작해볼까.

"설마 그 후로 한나절이나 도망 다닐 줄이야. 공주님을 얕본 걸 진심으로 사죄드리겠습니다."

"크아우우우."

내 말에 동의한다는 듯 페이트포도 긴 목을 수직으로 몇 번이나 끄덕였다.

"드래곤나이트의 추적을 이만큼이나 따돌리는 건 쉽지 않거든요. 안 그래, 페이트포?"

"크우우."

그 말에 동의한다는 듯 아까보다 더 격렬하게 고개를 끄덕였다.

"……히이이이이이익, 그만해애애애애."

무슨 말이 들린 것 같지만 아마 기분 탓일 것이다.

"이제부터 어떻게 할까. 왕국으로 돌아가더라도……."

브라이들 왕국을 떠나고 사흘이 지났다. 결혼식 날은 옛날에 지나간 것이다.

이제 달관했다. 사흘 동안 말괄량이 공주에게 농락당하다 보니 내 안의 무언가가 망가진 것 같았다.

성실하기만 한 삶에 의문을 가지게 됐다.

기사로서 규율을 중시하고 사람들의 모범이 된다.

—그런 삶을 살면 손해만 보고 득 될 것이 전혀 없는 게 아닐까?

남들이 보면 민폐만 끼치는 어처구니없는 인생일지라도 당사자가 웃으면서 지낼 수만 있다면 그것이 최고 아닐까?

리오노르 공주를 보고 있으니 지금까지의 상식이 변할 것만 같다.

"페이트포. 너는 성실한 나와 자유롭게 사는 나. 어느 쪽이 더 마음에 들어?"

페이트포는 고개를 갸웃거리며 내 눈을 응시했다.

"자유를 동경하는 건 잘못된 일일까."

내가 그렇게 중얼거리자 페이트포는 고개를 좌우로 격렬히 저으며 부정했다.

"……옆으로 흔들지 마아아아아아아아아!"

아까부터 대화를 방해하는 목소리가 계속 들려와서 아래편을 쳐다보니…… 밧줄로 페이트포의 목에 대롱대롱 걸려 있는 리오노르 공주가 흔들리고 있었다.

한 나라의 공주를 이렇게 꽁꽁 묶어서 옮기는 건 좀 그렇다는 생각이 들었지만, 아까 잡은 후로도 두 번이나 도주를 도모했기에 어쩔 수 없이 강경 수단을 썼다.

"공주님, 반성하셨다면 건져 올려드릴 수도 있어요."

"훗, 이 정도 플레이에 무너질 정도로 내 정신은 약해빠지지 않았어!"

이 상황에서도 허세를 부리는 정신력은 확실히 존경스럽다.

"페이트포, 목 운동을 해봐."

내 지시에 따라 페이트포는 목을 빙글빙글 돌렸다.

"그, 그만해! 어, 어지럽단 말이야! 이러다간 입에서 밥이 튀어나올 거야! 공주님이 구토하는 장면이 그렇게 보고 싶어?! 미안해, 내가 잘못했어어어어어엇!"

저렇게 외치면서도 어느새 지금 상황에 익숙해진 건지 마구 흔들리고 있는 와중에 경치를 감상하고 있었다.

"저기 좀 봐! 커다란 개구리가 폴짝폴짝 뛰고 있어!"

역시 익숙해진 게 맞네.

어이없어하면서 힐끔 쳐다보니 스스로 몸을 흔들어 회전시키며 놀고 있었다.

"하아……. 이런저런 생각을 하는 것 자체가 바보처럼 느껴져요. 공주님, 어디 가보고 싶은 곳은 있나요?"

"진심으로 하는 소리야? 기대하게 만들어놓고 성으로 끌고 가서 절망을 맛보게 하는, 그런 심술궂은 복수를 꾸미고 있는 건 아니지?"

"흠, 그것도 괜찮겠네요."

"부탁인데, 제발 그러지 마! 아버님도 이번만큼은 완전히 뚜껑이 열렸을 거야. 돌아갔다간 무슨 짓을 당할지 알 수 없거든?"

공주는 진심으로 걱정하고 있는 것 같지만 아마 괜찮을 것이다. 국왕은 공주에게 무르니까.

공주가 주범이라도 모든 죄를 나에게 뒤집어씌운 후 나혼자 책임을 지게 할 것이다.

"……기사의 긍지를 걸고 맹세하는데, 절대 배신하지 않겠어요."

"뭐, 잡히더라도 안심해. 내가 최선을 다해 감싸줄게. 그러면 나만 엄청 혼나고 끝날 거야."

"기대하죠."

말은 그렇게 했지만 세상은 그렇게 만만하지 않다.

리오노르 공주는 잔머리가 좋고 두뇌 회전이 빠르지만 세상물정에 어둡다. 그것은 공주로 살아왔으니 당연하다고 할 수 있다.

이 사태의 중대함을 제대로 이해하고 있지 않은 것이다.

"시간이 얼마 남지 않았으니, 즐기지 않으면 손해일까……."

"방금 무슨 말 했어? 바람 소리 때문에 잘 안 들려!"

마음속으로 중얼거릴 생각이었는데 입 밖으로 목소리가 나왔다.

"아무것도 아니에요. 공주님은 이번 일로 혼담이 깨졌다는 게 널리 알려지면, 결혼해줄 사람이 없어 평생 혼자 살아야 할 거란 생각은 안 했어요."

"그 말은 금기거든?! 나도 약간 불안하단 말이야! 불경죄로 확 체포해버린다!"

공주는 페이트포의 등으로 올라올 만큼 몸을 격렬하게 흔들고 있었다.

밧줄 하나에 대롱대롱 묶여 있다는 걸 자각하고 있긴 한 걸까.

평소 같으면 이쯤에서 내가 체념하며 사과하겠지만 오늘부터는 그러지 않기로 작정했다.

기사도는 버리자. 어차피 기사 지위는 박탈될 테니까.

리오노르 공주를 본받아 조금 제멋대로, 그리고 자유롭게 살아보자. 우선…… 반항을 해보도록 할까.

"으음~, 갑자기 창을 휘둘러보고 싶어졌네~. 하앗, 하앗!"

버둥거리면서 고함을 지르는 리오노르 공주를 깔끔히 무시한 나는 공중에서 창을 휘두르기 시작했다.

"하, 하지 마! 위험하잖아! 로프가 끊어지면 어쩌려고 그러는 거야?! 적당히 안 하면 여성에게는 쓰레기 취급을 당하고, 남자에게 사랑받는 동정이 되는 저주를 걸 거야!"

"저주 내용에서 악의만 느껴지네요!"

그런 바보 같은 대화를 나누며 우리는 하늘 산책을 이어갔다.

6

왕국을 떠나고 나흘이 흘렀다.

우리는 화려하기 그지없는 장소― 카지노에 와 있었다.

"대체 왜 카지노에 온 거죠?"

"제대로 즐겁게 놀려면 당연히 카지노에 와야지. 이제 근심 걱정은 다 내려놓고 즐길 거라며?"

"…………다 들었군요."

하늘을 나는 도중, 나는 「즐기지 않으면 손해인가」라고 중얼거렸다.

리오노르 공주는 바람 소리 때문에 안 들렸다고 말했지만 실은 똑똑히 들었던 것 같았다.

"남자라면 도박을 해본 적이 있지?"

"기사단 동료와 모의전을 해서 진 쪽이 밥을 사는 거라면 말이죠."

"하아, 진짜 어이가 없네. 도박과 술에 빠져 살면서, 멋진 여자를 안는 게 남자의 인생이잖아!"

열변을 늘어놓지만 그것은 남자가 아니라 인간 말종의 인생이라고 생각한다.

나와는 정반대되는 인간이라, 내가 그런 삶을 사는 게 상상조차 되지 않았다. 나와는 평생 인연이 없는 생활일 것 같았다.

"우선 말투부터 바꾸자. 이런 변두리의 더러운 도박장에서 존댓말을 쓰는 사람이 어디 있어. 꾀죄죄한 몰골로 값싼 술을 퍼마시고 거친 말투를 써야 할 거 아냐."

리오노르 공주의 발언을 들은 손님과 딜러가 우리 쪽을 노려보았다.

"고, 공주님, 목소리 낮춰요! 죄송합니다! 일행이 술에 좀 취했나 봐요."

나는 꾸벅꾸벅 고개를 숙이며 주위 사람들에게 사과했다.

점원을 불러서 돈을 쥐여준 뒤 「손님들에게 술 한 잔씩 돌리세요」라고 말해뒀다.

"세상 물정은 모르지만, 그래도 요령이 좋네."

"공주님한테 그런 소리를 듣고 싶지는 않아요. 누구누구 씨와 지낸 기간이 길다 보니, 무난하게 상황을 무마하는 테크닉을 자연스럽게 익히게 됐다고요. 바로 그 누구누구 씨 덕분에 말이죠."

"어머, 다행이네. 사교성은 참 중요한 거잖아."

내 비아냥을 이해한 걸까, 못한 걸까. 저 미소에서는 아무것도 느껴지지 않았다.

"그럼 하던 이야기를 계속하자면 말이야."

"그만해도 되는데요."

"복장 문제는 내가 골라준 옷으로 해결됐지만……."

지금 입고 있는…… 독특한 센스가 빛나는, 이 양아치 같은 옷은 리오노르 공주가 골라준 것이다.

나는 소매를 걷은 화려한 빨간색 재킷을 입고 있었다. 공주의 말에 따르면—.

"긴 소매를 걷는 편이 양아치 같아 보여."

—라고 한다. 기사인 나는 그 감각을 이해할 수 없었다. 하지만 괜찮은 복장이라는 생각이 들었다.

공주도 고급스러운 옷에서 서민적인 옷으로 갈아입었다. 별다른 장식이 달리지 않은 녹색 원피스지만 외모가 괜찮아서 어떤 옷이든 다 잘 어울렸다.

이런 옷차림으로 나란히 서 있으니 마을 처녀와 약간 양아치 느낌 나는 젊은이 커플처럼 보였다.

"복장과 말투가 안 어울려서 위화감이 엄청나. 자, 이제부터 양아치 느낌이 나는 말투로 말해봐."

또 무리한 요구를 했다.

양아치 같은 난폭한 말투인가. 그러고 보니 옛날에 좀 놀았다는 걸 자랑하는 선배가 있었다. 그 사람이 옛날이야기를 할 때면 꽤 이상한 말투를 썼다. 그걸 흉내내 볼까.

"알았다, 고. 이러면 될 거, 아냐."

"으음, 합격점과는 거리가 멀지만, 쓰다 보면 익숙해질 거야. 그럼 놀아보자!"

"예, 알았, 다고."

리오노르 공주는 나를 끌고 가더니 빈자리에 앉혔다.

이 원형 테이블에서는 카드를 이용한 게임을 하는 것 같았다.

"형씨, 처음 보는 얼굴인걸. 룰은 알아?"

"카드 게임은 자주 했어요…… 아얏. 으음, 자주 했다, 고. 그러니까, 대충 알긴, 해."

공주에게 옆구리를 꼬집히고 말투를 바꿨다.

의식하지 않으면 바로 들통이 날 것 같았다.

"거기 예쁜 아가씨는 안 할 거냐?"

"어머, 안목이 꽤 괜찮네. 특별히 구경값은 받지 않겠어. 나는 그의 활약을 구경하기만 할 거니까, 신경 쓰지 마."

구경이라기보다, 실패하지는 않을지 감시한다는 표현이 적절하지 않을까.

옛날부터 연기는 잘하는 편이 아니었지만 기대에 부응하기 위해 불량배처럼 행동해볼까.

"그럼 승부를 해보자, 고."

돈이 걸린 본격적인 도박은 해본 적이 없는데 지나치게 빠지지 않도록 적당히 즐겨보도록 할까.

7

"왜 못 이기는 거야!"

그 후로 계속 지기만 했다.

카드 게임으로 20연패를 한 후 이번에는 공이 들어가는 장소를 맞추는 도박을 해봤다. 하지만 이번에도 20연패를 기록했다.

"우햐~, 또 땄어!"

의기소침한 내 옆에서 리오노르 공주는 환성을 질렀다. ……자기는 안 할 거라고 말했으면서 말이다.

이분은 전부터 악운이 좋다고 생각했지만 순수하게 행운 수치가 뛰어난 걸지도 모른다.

내가 연거푸 지고 있는데도 돈이 바닥나지 않는 건 공주가 계속 따고 있기 때문이었다. 고마워해야 할 상황이지만 연패 중인 내 옆에서 저렇게 기뻐하는 모습을 보니…… 약간 짜증이 났다.

"자, 다음 판을 하자고!"

"형씨는 도박에 적성이 없어. 오늘은 같이 온 아가씨를 데리고 그냥 돌아가는 게 어때?"

"됐으니까, 빨리 승부나 해!"

젠장, 딜러까지도 나를 동정했어.

"얼마든지 져도 돼~. 내가 그만큼 벌, 어, 다, 줄, 게."

"뭐야. 기둥서방이었냐……."

옆에 있는 손님이 엄청 무례한 말을 한 것 같은데 지금은 그런 것을 신경쓸 때가 아니다.

의기양양한 표정으로 나를 부추기는 리오노르 공주에게 멋진 모습을 보여줘야 직성이 풀릴 것 같다!

이번에야말로, 이번에야말로 이기고 말겠어!

"들어가, 들어가, 빨강의 6, 빨강의 6, 빨강의 6!"

굴러가는 공을 뚫어지게 쳐다보며 기원했다. 저 공이 내가 건 빨강의 6 구멍에 들어간다면 오늘 내가 날린 돈을 전부 만회할 수 있다.

진심으로 기원하며 공을 계속 쳐다보니…… 내가 건 곳의 옆 칸에 쏙 들어갔다.

"어머, 또 땄네. 에헷."

"크아아아아아아아. 어째서야! 왜 못 이기는 거냐고! 속임수 쓰는 거 아냐?!"

내가 딜러에게 따지자 그는 하얗게 질린 얼굴을 좌우로 세차게 저었다.

"마, 말도 안 되는 소리 하지 마세요. 그럴 실력이 있다면, 의심을 사지 않도록 형씨가 건 곳에 공을 몇 개 넣었을 거예요. 나도 이 일을 꽤 오래 했지만, 이렇게 지기만 하는 사람은 형씨가 처음이라고요. 애초에 노린 곳에 공을 넣을 수 있다면, 형씨 옆에 있는 아가씨가 건 곳에 넣을 리가 없잖아요. 그것보다 일행인 저 아가씨를 데리고 돌아가주지 않겠어요? 제발 부탁이에요."

"오~호호호. 이것이 바로 타고 난 운과 기품과 미모가 자아내는 능력. 신은 저를 축복하고 있어요! 자, 우민들이여, 내 앞에서 무릎을 꿇거라! 냐하하하하하하!"

연승 중인 리오노르 공주가 새된 웃음을 터뜨렸다. 술기운 탓인지 말리지도 못할 정도로 거들먹거리고 있었다.

지금은 내가 계속 지고 있어서 카지노 측도 손해가 크지 않지만 매번 이기고 으스대는 공주의 태도 때문에 짜증이 치솟은 것 같았다.

하지만 지금은 그런 걸 신경 쓸 때가 아니다.

"이길 때까지 돌아가지 않을 거야! 빨리 다음 판이나 시작해!"

"하아, 오늘은 재수에 옴 붙었네……."

딜러가 투덜거렸지만 내 알 바 아니다.

잃은 돈을 되찾을 때까지 절대 돌아가지 않을 거라고!

나라를 떠나고 닷새째.

"손님. 잃은 돈 중 절반을 돌려드릴 테니 이제 그만 두시는 게……."

오늘도 카지노에 왔다.

어제는 결국 한번도 이기지 못했다. 오늘은 잃은 돈을 되찾아야 한다.

"시끄러워! 빨리 다음 판이나 시작하라고!"

"난폭한 말투가 입에 붙은 것 같네. 의외로 연기를 잘하는구나."

리오노르 공주는 나와 반대로 연전연승 중이었다. 카지노 측으로부터 출입을 금지 당했는데 구경만 하겠다며 억지로 들어왔다.

"집중을 못 하겠으니까 다른 데 가버려. 방해된다고."

"마, 말이 좀 심하잖아. 캐릭터에 너무 몰입한 거 아냐?"

볼에 경련이 일어난 리오노르 공주는 팔짱을 끼고 나를 노려보았다.

내가 쉿쉿 하면서 손을 내젓자 언짢은 표정으로 카지노에서 나갔다.

좋아, 이제 도박에 몰두할 수 있겠어.

지금까지는 도박에 관심이 없었지만 꽤 재미있는걸. 돈을 딴다면 더 재미있을 거야.

"여기에 걸겠어!"

"……틀렸네요."

완전히 동떨어진 곳에 걸었어! 왜 이렇게 지기만 하는 거냐고!

"뭐야! 사기를 치고 있는 거 아냐?! 아앙!"

"그런 짓 하는 게 아니라고요. 그리고 어제도 같은 소리 했었잖아요! 누가 아까 나간 보호자 좀 끌고 와!"

"어, 그 손님도 꽤 성가신 편인데요?!"

"그래도 이 자식보다는 낫다고!"

손님을 향해 이런 소리를 하다니 정말 무례하군.

나는 연기 삼아 양아치를 연기하고 있을 뿐, 실은 도박을 좋아하지 않는다고.

어제 잃은 몫은 반드시 되찾고 말겠어.

엿새.

"이제 도박 좀 그만해! 내가 번 돈이 전부 날아가 버렸잖아!"

"시끄러워. 내가 크게 따서 편하게 지내게 해줄 테니까, 잠자코 돈이나 내놔."

나는 리오노르 공주가 울상을 지으며 내민 지갑을 낚아챈 후 안에 얼마나 들어있는지 확인했다.

돈이 가득 들어있었다.

"어이어이, 아직 돈이 많잖아. 쪼잔하게 굴지 말라고."

"이걸 다 가져가 버리면, 내일부터 어떻게 생활할 건데?! 집에는 빵을 살 돈도 없잖아. 그 애한테는 뭘 먹일 거냐구!"

"자이언트 토드라도 사냥하러 가라고 해. 그 녀석이라면 통째로 먹어 치울걸?"

페이트포라면 그 정도 몬스터는 한방 감이다.

나는 허리에 매달린 리오노르 공주를 떼어내려 했으나 그녀는 절대 떨어지지 않겠다는 듯이 한사코 저항했다.

"어이, 저기에 쓰레기가 있어. 육아도 포기했나 보네."

"아내와 자식이 불쌍해……."

다른 손님들이 멋대로 지껄이고 있었다.

그 반응을 들은 리오노르 공주가 히죽 웃었다.

아아~, 즐거워하네.

"이대로 계속 지다간, 여기의 오너가 「돈을 못 내? 그럼 알지? 샤워하고 내 방으로 와」 같은 소리를 하며 엉큼한 손길로 내 온몸을 주물러댈 거야!"

리오노르 공주는 비극의 히로인처럼 울부짖더니 과장되게 엉엉 우는 척을 했다.

"어, 여기 오너는 그런 사람이었어?"

"때때로 음흉한 눈길을 보내는 걸 보면, 틀림없어."

공주 탓에 이 가게 오너에 대한 헛소문이 퍼져나가고 있었다.

"당신들, 적당히 해! 영업 방해로 확 고소해버린다! 왜 가게 안에서 이상한 연기를 하는 거냐고!"

씩씩거리며 고함을 지른 사람은 이 가게의 오너였다.

"어이, 우리 가게에 원한이라도 있는 거야?! 여자 쪽은 연전연승한 후에 딜러를 조롱하더니, 남자 쪽은 연전연패를 한 후에 시비를 걸어대잖아! 그 바람에 딜러는 방에 틀어박혔어! 그걸로 모자라 이런 짓까지 하는 거냐! 너희는 출입금지라고 내가 어제 말했지?!"

이 헛짓거리는 어제 출입금지를 당한 걸 복수하고 싶다는 리오노르 공주의 억지에 따라 하는 것일 뿐이다. 나도 꽤 즐기고 있지만…….

"어이, 이 녀석들을 끌어내!"

우리는 경비원들에게 둘러싸였다.

"흥, 경비원들인가. 어쩔 수 없지. 물러나자."

"무슨 소리를 하는 거야. 이제부터 재미있는 부분인데. 자, 너라면 이걸로 충분하지?"

그렇게 말하며 공주가 던져준 것은 대걸레였다.

애용하던 창보다는 조금 짧지만 이 정도면 문제없이 싸울 수 있다.

"하지만 일반 시민에게 해를 끼칠 수는 없어요."

"말투가 원래대로 되돌아갔잖아. 빨리 양아치처럼 행동하라구. 자, 아까 그 장면부터 다시 해."

"어험. ……우민들이 이 몸에게 맞서는—."

"다시 하지 마! 돌아가라고!"

일제히 덤벼드는 경비원들에게 맞서 싸울까 했지만, 시민을 건드리는 것은 아니라고 생각해서 리오노르 공주를 안아 들고 카지노에서 빠져나왔다.

8

어찌어찌 도망친 나는 공원 구석에 공주를 내려놓았다. 공주를 감싸느라 일방적으로 두들겨 맞은 탓에 온몸이 아팠다.

그래도 평소의 단련 덕분인지 크게 다친 곳은 없어 보였다.

리오노르 공주는 몸을 웅크린 채 부들부들 떨고 있었다. 혹시 다치기라도 한 걸까?!

"공주님, 괜찮으세요?"

"크으으으, 재미있었어! 카지노에서 난동을 부렸잖아. 옛날에 읽은 소설에서도 그런 내용이 나왔어. 응, 정말 끝내줘."

괜한 걱정이었던 것 같다.

이 상황에서도 의기소침하기는커녕 즐길 만큼 긍정적이다. 나는 평생 흉내도 내지 못하겠지만 조금, 아주 조금 부럽다.

"라인도 즐거워 보였어. 지금도 웃고 있잖아."

"어?"

공주가 거울을 내밀었다.

거기에 비친 나는 난처한 표정을 짓고 있으면서 입가에는 미소가 어려 있었다.

"전부터 생각했던 건데, 라인은 너무 자기 자신을 억눌러. 좀 더 자유롭게 즐기지 않으면 손해잖아. 인생은 단 한 번뿐인데, 자신을 억압하면 어떻게 해. 나를 본받아서 환하게 웃어! 이건 공주로서의 명령이야!"

공주는 내 입가에 검지를 대더니 억지로 입가를 치켜올렸다.

리오노르 공주를 본받아선 좋은 일이 없을 것 같지만 명령이라면 어쩔 수 없다. 기사로서 그에 따를 뿐이다.

"알았습…… 알았어. 이제부터 온 힘을 다해 양아치처럼 굴면, 될 거 아냐."

"후후훗, 기대할게."

"그럼 이제부터 뭘 하지?"

"전에도 말했지만, 모험가가 되고 싶어! 자유 하면 모험가잖아. 가슴 뛰는 모험 활극의 주인공이 될 기회는 이번뿐이야!"

공주는 가슴 앞으로 손을 모으고 뜨거운 목소리로 이야기했다.

리오노르 공주의 안전을 생각해 거절했으나 내가 전력을 다하면 공주 한 명 정도는 지킬 수 있을 것이다.

실은 나도 모험가가 되어보고 싶었다. 임무로 모험가와 함께 몬스터 퇴치를 한 적이 있는데, 공주가 방금 말한 것처럼 자유를 마음껏 구가하고 있는 이들이 많았다.

　모험가에 비판적인 기사도 많지만 개인적으로는 싫어하지 않았다. 실은 좀 부럽다는 생각도 들었다.

　"좋아. 그럼 모험가 길드에 가서 등록을 하자고."

　"뭐, 정말!? 만세~! 역시 말해보길 잘했네, 라인, 사랑해."

　공주는 아양 섞인 달콤한 목소리로 윙크를 했다.

　"예, 감사합니다. 농담이라도 기쁘네요."

　"흐음, 농담으로 치부하는구나. ……농담이 아닌데 말이야."

　"방금 뭐라고 했어요?"

　"별~말~안~했~어~. 자, 모험가 길드로 출발!"

　공주는 갑자기 볼을 부풀리고 언짢은 표정을 지었다.

　방금까지 기분이 좋았는데, 정말 표정이 쉴 새 없이 바뀌는 분이다.

　공주는 내 손을 잡아끌며 걸음을 옮겼다. 저항할 필요가 없어서 나는 그대로 리오노르 공주를 따라갔다.

　"흐음, 진짜로 모험가 길드 1층에는 술집이 있구나."

　길드에 들어간 공주는 호기심을 감출 생각이 없는 것처럼 주위를 두리번거렸다.

　뭐, 나도 마찬가지였지만 말이다.

　웨이트리스와 직원 같은 사람 여럿이 일하고 있었고 술집에서는 모험가 같은 이들이 대낮부터 술을 마시고 있었다.

공주가 동경하는 것도 이해가 될 만큼 자유로웠다.

"내부는 이렇게 되어 있구나. ……어? 공주님은 왕도의 길드에 몰래 가본 적이 있지 않나요?"

"몇 번이나 가려고 했어. 하지만 아버님이 길드에 손을 써서, 나를 수색하는 퀘스트를 게시판에 항상 붙여놨거든. 그러니까, 모험가 길드에 놀러 가려고 했다가 몇 번이나 잡힐 뻔 했어."

아~, 그래서 모험가에게 연행되어 왕성으로 돌아왔던 건가.

지금 생각해보면 모험가에게 있어 공주 포획은 생명의 위험에 처하지 않고 보수를 받을 수 있는, 용돈 벌이 같은 것이었을지도 모른다.

"하지만 모험가가 되려다가 저희 신변을 조사당하지 않을까요?"

"그건 괜찮아. 모험가 카드는 신분증 대용으로 쓸 수 있는 아이템이거든. 가명이라도 괜찮대. 그리고 또 존댓말을 쓰네. 반말을 쓰란 말이야."

"참, 그랬, 지."

반말에 익숙하지 않기 때문에 의식하지 않으면 또 공주에게 존댓말을 썼다.

앞으로는 주의해야겠다.

모험가 길드의 카운터에 가보니 접수처에 여성 직원이 있어서 말을 걸었다.

"실례합…… 미안한데, 모험가가 되려면 어떻게 해야 해?"

"모험가 지원이시군요. 모험가 등록을 하려면, 수수료를 내야 해요."

"그렇, 구나. 그럼 우리 둘의 몫을 낼게."

미리 준비해뒀던 돈을 직원에게 건넸다.

"예, 딱 맞네요. 그럼 모험가에 관해 간략하게 설명해 드리겠어요."

나는 직업과 해야 하는 일에 관해서는 알고 있어서 설명을 한 귀로 흘려들었지만 리오노르 공주는 흥미로운지 몇 번이나 고개를 끄덕이며 귀를 기울였다.

"—랍니다. 그럼 이 서류 작성을 부탁드려도 될까요. 키, 체중, 나이, 신체적 특징 등을 적어주세요."

건네받은 서류를 작성했다.

키와 체중은 최근에 기사단에서 잰 수치를 그대로 적으면 되겠지.

신체적 특징은 금발과 푸른 눈이지만 이것은 귀족과 왕족의 증표라 여겨지는 특징이다. 귀족 출신 모험가가 존재하기는 해도 흔치 않다는 점은 마찬가지다.

게다가 금발만이라면 몰라도 푸른 눈까지 지니고 있으면 귀족이라는 의심을 받을 확률이 높다. 도주 중인 나와 공주에 관한 정보가 길드에 전해졌을 가능성도 고려해야만 한다.

—금발, 붉은 눈이라고 적어뒀다.

"자, 내 말대로 하기 잘했지?"

리오노르 공주가 옆에서 으스댔다.

현재 내 눈은 푸른색이 아니다. 미리 빨간색 콘택트렌즈를 꼈다.

리오노르 공주의 변장 아이템 중 하나를 빌렸는데 이것도 마도구라고 했다.

문제는 이름이다. 본명을 써도 들키지 않을 것 같지만 리오노르 공주도 리르라는 가명을 쓰고 있으니 자신도 가명을 쓰는 편이 좋을까.

"……이름을 고민하는 거야? 그럼 내가 생각해줄게. 으음, 그래……. 더스트는 어때? 항상 기사의 긍지 같은 먼지보다 못한 것에 목을 매잖아."

"……말이 좀 심하네. 네이밍 센스는 최악이지만, 어차피 가명이니 그냥 쓸까."

이름은 더스트로 해뒀다.

"서류에는 문제가 없군요. 리르 양과 더스트 씨인가요. 그럼 이 카드를 만져주세요."

직원은 카드 한 장을 내밀었다.

여기에 등록하면 몬스터를 쓰러뜨렸을 때 얻을 수 있는 경험치가 표시된다. 이것도 마도구인 것 같은데, 대체 어떤 식으로 만들어지는 걸까.

"나부터 먼저 해도 되지? 전부터 한번 해보고 싶었어!"

팔을 걷어붙인 리오노르 공주가 길드 카드를 만졌다.

"감사합니다. 리르 양, 이군요. 근력, 생명력, 손재주, 민첩성은 평균을 꽤 웃돌아요! 우와, 마력과 지력은 차원이 다른 수준이군요……. 어머, 그리고 행운 수치도 높네요. 상당히 우수한 인재예요!"

극찬을 듣고 기분이 좋아진 건지 공주는 가슴을 펴고 으스댔다.

힐끔힐끔 내 쪽을 쳐다보는 탓에 약간 짜증이 치솟았다.

레벨과 능력치가 뛰어난 것은 왕족이 스테이터스를 상승시켜주는 고급 식재료와 포션을 항상 섭취하기 때문이다.

이 세상에서 왕족과 돈 많은 귀족이 전투 경험도 전무한데 우수한 것은 바로 그런 이유였다.

게다가 왕족에게는 용사의 피가 진하게 흐르고 있어서 뛰어난 능력을 지니고 태어난다. 선명한 금발과 푸른 눈이 그 증거로 여겨진다.

"웬만한 직업은 다 될 수 있겠지만, 마법사가 가장 적성에 맞을 것 같군요. 이 정도 능력이라면 상급 직업인 아크 위저드가 되는 것도 가능할 거예요!"

진짜로 뛰어난 인재인 건지 길드 직원은 눈을 반짝이며 그렇게 말했다.

"그럼 나는 아크 위저드로 할래. 나는 참 죄 많은 여자야. 미모만이 아니라 재능까지 겸, 비, 했, 잖, 아."

큰 목소리로 자랑하는 건 주위 사람들에게 들려주기 위해서다.

실제로 여러 직원과 모험가들이 우리 주위에 몰려들어서 수군거리고 있었다.

"저 아가씨, 성격에는 문제가 있지만 능력은 뛰어난 것 같군."

"우리 파티에 영입할까? 안 그래도 마법사가 필요했잖아."

이미 여러 모험가 파티가 공주를 눈독을 들이고 있는 건가.

"너무 눈에 띄는 행동은 자제해주십…… 하라고."

"질투해? 저기, 질투하는 거야? 미안해~. 나의 이 재능과 미모는 숨기려야 숨길 수가 없거든!"

리오노르 공주가 내 주위를 빙글빙글 돌면서 약을 올리는 모습을 본 몇몇 모험가들이—.

"역시 얼굴과 능력만으로 동료를 정하는 건 좋지 않아. 그냥 권유하지 말자고."

"나도 같은 생각이야."

—라고 의견을 바꾸고 있지만 말하지는 말자.

"그럼 다음은 더스트 씨 차례예요."

나는 길드 직원이 시키는 대로 카드를 만졌다.

그 카드를 본 순간, 직원의 얼굴이 경악으로 가득 찼다.

"능력치가 상상을 초월할 정도로 뛰어나요!! 행운 수치는 믿기지 않을 정도로 낮지만 다른 건 전부 우수하네요!"

칭찬을 받아서 기분이 나쁘지는 않은데 역시 행운 수치는 낮은 건가. 사실 짚이는 구석이 너무 많았다.

　공주에게 휘둘려서 이런 곳까지 온 것도 행운 수치가 낮다는 증거일 것이다.

　"이 능력치라면 전투 직업에 적성이…… 어머나?! 이미 직업을 지니고 있군요? 으음, 드래곤나이트으으으으!!"

　길드 직원의 절규 탓에 주위의 시선이 나에게 집중됐다.

　"아."

　아차! 그러고 보니 기사단에 들어가서 드래곤나이트로 임명됐을 때, 모험가 카드와 비슷한 것을 만진 기억이 있다!

　지금 생각해보니 모험가 길드 직원 복장을 한 사람도 그자리에 있었다. 그때 등록이 된 걸까.

　"드래곤나이트라면 엄청 희귀한 직업이잖아! 우와, 처음 봤어."

　"그러고 보니 옆 나라에 드래곤나이트가 몇 명 있었지?"

　"미남 드래곤나이트구나. 이참에 침이라도 발라둘까?"

　우리를 멀찍이서 쳐다보던 모험가들이 소란을 피우기 시작했다.

　이거 좋지 않은걸. 안 그래도 리오노르 공주는 눈에 띄는데 이렇게 화제가 된다면 브라이들 왕국의 귀에 들어갈지도 몰라.

　"공주님, 일단 이곳을 벗어나죠."

　"라인 따위가 나보다 더 돋보인 거야?! 용서 못 해!"

"지금은 그런 소리를 할 때가 아니잖아요!"

투덜대는 리오노르 공주의 손을 잡고 억지로 이곳을 벗어나려던 바로 그때였다.

"그러고 보니 드래곤나이트와 여성을 찾는다는 의뢰서가 게시판에 붙어 있지 않았어?"

모험가 중 한 명이 최악의 타이밍에 최악의 발언을 했다.

아까까지 우리를 향하던 동경의 시선이 어느새 미심쩍은 눈길로 변했다.

"으음, 꽤 많은 상금이 걸려 있었죠. 탁한 금발의 드래곤나이트, 그리고 입은 험해도 외모는 반반한 여성이래요."

길드 직원이 쓸데없이 보충 설명을 했다.

하아, 주위에 있는 모험가들의 눈길이 사냥감을 발견한 것처럼 변했잖아.

"자, 등록은 내일 하기로 하고 오늘은 이만 돌아가자, 허니."

"그래, 달링. 집에 돌아가서 빨래나 할래."

훈훈한 커플 느낌을 내면서 팔짱을 끼고 길드를 나서려 할 때였다.

"보내줄까 보냐! 어이, 잡아!"

"원한은 없지만, 술값이 되어줘야겠다!"

"이 상황에서 몰래 엉덩이를 만져도 들키지 않겠지!"

모험가들이 일제히 우리를 향해 달려들었다.

나는 즉시 자세를 낮추고 날 부분에 커버를 씌운 창으로 모험가의 발을 걸어 넘어뜨렸다.

"우왓!"

"방해되니까 굴러다니지 말라고."

쓰러진 모험가에게 걸려서 다른 몇 명이 넘어졌다.

포위망에 틈이 생기자 나는 공주의 손을 잡아끌며 뛰쳐나갔다.

"도망쳤다! 어물쩍거리지 말고 쫓아! 쫓으라고!"

어찌어찌 길드에서 빠져나오기는 했지만 수많은 모험가가 필사적인 표정으로 쫓아왔다.

"전부 라인 탓이야! 라인이 나를 제쳐놓고 돋보이니까 이렇게 된 거잖아!"

"그렇지 않거든요?! 혀 깨물 수도 있으니까 입 다무세요!"

같이 뛰는 것보다 리오노르 공주를 짊어지고 뛰는 편이 빠를 것 같아서 나는 그녀를 짐짝처럼 어깨에 들쳐매고 마을 안을 뛰어다녔다.

"이 자세는 너무하지 않아? 하다못해 공주님 안기로 들어! 나는 명색이 공주란 말이야!"

"어이없는 이유로 화내지 말아 주시겠어요?!"

이렇게 도망치는 와중에도 공주는 어째선지 기뻐 보이는 표정을 짓고 있었다.

이런 요란스러운 도주극마저 공주에게 있어서는 즐거운 이벤트인 걸지도 모른다.

"한동안 그 마을에는 못 가겠네. 하아~."

리오노르 공주는 화이트 드래곤의 등 위에서 아쉽다는 듯 한숨을 내쉬었다.

어찌어찌 모험가들을 따돌린 우리는 마을 밖의 숲에 숨겨둔 페이트포와 합류하자마자 냅다 도망쳤다.

"모험가 길드에도 손을 써둔 것 같으니, 한동안은 모험가가 될 수 없겠군요."

"아아~. 모험가가 되고 싶었는데~."

"소란이 잦아들면, 그때는 같이 모험을 해볼까요?"

"약속이야. 진짜로 약속한 거야!"

그렇게 모험이 하고 싶었던 걸까. 공주는 내 어깨에 턱을 얹고 그렇게 말했다.

"알았어요. 약속할게요."

"그럼 용서해줄게. 그리고 또 원래 말투로 돌아갔어."

"으음, 약속하겠다고."

익숙한 말투와 난폭한 말투가 머릿속에서 뒤엉켜서 오락가락하고 있었다.

언젠가는 이 험한 말투에 익숙해지는 날이 올까?

"그리고 나도 그냥 리오노르로 부르기로 약속했잖아?"

"그래. 리…… 그런 약속은 안 했거든요?"

"쳇, 속아 넘어가지 않네."

이런 대화를 나누는 사이, 태양이 산 너머로 저물어 가려 했다.

하늘에는 장애물이 없으니 야간 비행도 문제 될 것이 없지만 오늘은 육체적으로도, 정신적으로도 지쳤다.

리오노르 공주도 마찬가지인지 내 어깨에 턱을 얹은 채 눈을 반쯤 감고 있었다.

산골짜기에서 빛이 흘러나오고 있었다. 오늘은 저곳에서 묵어야겠다.

이레째.

조그마한 마을에 딱 하나밖에 없는 여관에서 깨어났을 때였다.

침대가 두 개인 이 방의 다른 침대에는 리오노르 공주가 자고 있었다.

이렇게 조용히 잠든 모습은 정말 미인인데 말이다. 참 아 쉽다.

"우히히히, 오늘은 어떤 장난을 칠까~?"

공주는 사악하게 일그러진 미소를 머금으며 그런 잠꼬대를 입에 담았다.

……아까 한 말은 취소하겠다. 잠들었을 때도 최악이다.

"어찌어찌 도망치기는 했지만, 빨리 이곳을 벗어나지 않으면 위험할지도 몰라."

분명 모험가 길드에서 왕국에 연락했을 것이다. 전이 마법을 이용한다면 순식간에 수색대를 보낼 수 있다.

페이트포의 이동 거리는 상대방도 파악하고 있을 테니 이 마을도 수색 범위 안에 들어가 있을 가능성이 높다.

"리오노르 공주, 일어나."

"으응? ……이제 곧 잔소리 심한 재상을 수제 진흙탕에 빠뜨리려던 참인데~."

"성에 돌아가면 얼마든지 해. 나도 그 사람이 딱 질색이거든."

"후후, 지금은 자연스럽게 반말을 쓰네. 꽤 입에 익었나 봐?"

그러고 보니 의도하지 않았는데 입에서 자연스레 반말이 나왔다.

의외로 이 말투에 익숙해지는 날이 머지않은 걸지도 모른다.

"빨리 준비하세요. 추적자가 언제 이곳까지 쫓아올지 모르니까요."

"아, 그래. 어제 일로 우리 위치가 드러났겠네. 서둘러 준비할게."

고맙게도 공주는 금세 상황을 파악했다.

나도 서둘러 준비를 마쳤고 리오노르 공주도 준비를 끝냈다.

이 여관의 여주인에게 요금을 준 후 마을을 나섰다.

페이트포가 숨어있는 숲은 이곳에서 걸어서 20분 정도

거리에 있었다.

"왕국에서 좀 더 떨어진 곳으로 가야 할까."

"그럼 거기 가자! 카지노로 유명한 엘로드! 거기 왕자는 완전 꽝이지만, 재상이 엄청 우수한가 봐."

"카지노 대국 엘로드 말이구나. ……좋아! 그러면 거기로 가자."

엘로드에 가서 뭘 할지 즐겁게 이야기를 나누다 보니 어느새 페이트포가 숨어있는 숲 근처에 도착했다.

"어이~, 기다리게 해서 미안해. 선물로 고깃덩어리 사 왔어~."

나무 사이를 지나 탁 트인 장소에 도착했다.

그곳에는 고개를 치켜들며 위협하고 있는 페이트포, 그리고 페이트포를 포위한 드래곤나이트들이 있었다.

"겨우 찾았군요. 리오노르 공주님. 그리고 라인."

"단장님……."

풍성한 턱수염과 다부진 얼굴. 나보다 크고 우람한 몸집.

하급 귀족이었던 나의 실력을 인정해 드래곤나이트로 천거해준 은인이기도 한 기사단장.

이곳에서 사력을 다해 싸운다면 단장을 쓰러뜨릴 수 있을 것이다. 하지만 은인인 단장을 해칠 수는 없다.

게다가 단장을 쓰러뜨리더라도 이 자리에는 동료 드래곤나이트와 기사들이 있다.

페이트포가 포위당한 이 상황에서 도망치는 건…… 무리다.

"옛날부터 네가 융통성을 길렀으면 좋겠다고 생각했지만, 이런 짓을 벌일 줄은 몰랐군. 좀 더 냉정하고 계산이 빠른 남자라고 생각했는데."

단장은 턱에 손을 대더니 고개를 절레절레 저었다.

"나도…… 저도, 제가 이런 대담한 바보짓을 할 수 있는 남자라고는 생각도 못 했습니다."

나 또한 자신이 이런 행동을 했다는 사실에 놀랄 정도였다.

"잠깐만 있어 봐. 라인은 내가 억지로 끌어들인 거야. 아무 죄도 없어!"

리오노르 공주는 나를 감싸려는 듯 앞으로 나서며 필사적으로 변호했다.

"공주님. 그럴 수는 없습니다. 한 나라의 공주가 결혼 직전에 기사 한 명을 데리고 도망쳤다. 그게 사실이라면 국가의 체면이 손상됩니다. 그러니 이번 일은 공주를 연모한 젊은 드래곤나이트가 공주를 유괴한 사건으로 처리될 겁니다."

예상했던 대답이다.

"말도 안 돼! 라인은 내 억지를 들어줬을 뿐이란 말이야! 라인도 피해자야! 라인! 내 말 맞지?! 응?!"

리오노르 공주는 내 두 어깨를 움켜쥐고 애처로운 목소리로 그렇게 외쳤다.

"단장님. 이 일은 제가 독단적으로 벌인 유괴입니다. 그 어떤 벌도 달게 받겠습니다."

"왜 바보 같은 소리를 하는 거야?! 헛소리하지 마! 이건 내가……."

"이자를 포박하라. 공주님은 이쪽으로 오시죠."

공주의 말을 막듯 단장이 큰 목소리로 그렇게 외쳤다.

이것으로 됐다. 나 하나의 목숨과 국가의 위기. 어느 쪽이 중요한지는 생각해볼 필요도 없다.

게다가 나는 이 결말을 각오하고 있었다.

내가 아무 잘못 없다고 외치며 멀어져 가는 공주를 향해, 나는 고개를 깊이 숙였다.

"일주일 동안, 정말 즐거웠습니다. 감사해요."

짧은 인생이었지만 후회는 없다. ……아니, 조금은 있다.

내가 죽으면 공주는 슬퍼할 것이고 페이트포와 쭉 함께하겠다는 약속도 지키지 못한다. 그것만이 마음에 앙금처럼 남았다.

10

감옥에 갇히고 며칠이 지났다.

"라인 셰이커. 폐하께서 부르신다."

오랜만에 이름을 불린 내가 고개를 들어보니 병사 몇 명이 철창 밖에서 나를 노려보고 있었다.

나를 공주를 납치한 극악무도한 악당이라고 여기는 것이

리라.

"때가 된 건가."

아무래도 처형을 당할 날이 온 것 같다.

이미 각오가 되어 있어서 나는 몸을 일으킨 뒤 감옥을 빠져나가려 했다.

"멈춰라. 그런 몰골로 폐하의 앞에 서게 할 수는 없다."

병사는 나를 욕실로 데려갔다. 며칠 만에 목욕을 한 후 몸가짐을 단정하게 했다.

병사는 깔끔해진 나를 알현실로 연행했다.

그곳에는 이 나라의 중진들이 모여 있었다. 그리고 정면의 옥좌에는 멋진 수염을 기른 국왕이 앉아 있었고 그 옆에는 리오노르 공주가 있었다.

국왕은 굳은 표정을 짓고 있었으나 박력은 느껴지지 않았다. 내가 주범이 아니라 그저 휘말렸을 뿐이라는 것을 알고 있다. 그런 눈빛을 머금고 있었다.

공주 또한 평소와 다르게 야무진 표정을 짓고 태연한 척 하고 있었다. 하지만 손 받침에 놓인 손이 희미하게 떨리고 있었다.

나는 이 자리에서 무릎을 꿇고 고개를 숙였다.

"라인 셰이커. 짐은 그대의 장래성에 기대를 걸고 있었던 만큼, 정말 유감이구나."

그것은 진심에서 우러난 말 같았고 그 뒤를 이어 크나큰 한숨이 흘러나왔다.

"원래라면 사형을 받아 마땅하겠지만, 리오노르 공주의 간곡한 요청에 따라 극형만은 면하게 됐느니라. 셰이커 가문은 귀족 지위를 박탈 당할 것이고, 그대에게는 국외 추방을 명한다. 두 번 다시 이 나라에 발을 들이는 것을 허락하지 않겠노라."

뜻밖의 판결에 놀란 나는 허둥지둥 고개를 들었다.

죽음을 각오하고 이 자리에 왔는데 설마 목숨을 건지게 될 줄이야.

시선이 마주친 국왕은 미안하다는 듯 눈을 감았다.

공주는 정면을 바라보고 미동조차 하지 않았다.

주위를 둘러보니 이 자리에 있는 이들 대부분이 유괴 사건의 진상을 알고 있는 건지 아무도 이 판결에 이의를 제기하지 않았다.

그뿐만 아니라 나를 향한 시선에는 동정심이 어려 있었다.

"이제부터 라인 셰이커란 이름을 쓰는 것을 허락하지 않겠다. 다른 사람이 되어 어디로든 사라지거라."

이름마저 빼앗기는 건가. 하지만 목숨을 건진 것만으로도 재수가 좋았다. 감사히 이 판결을 받아들이자.

많은 이들이 잠들어 있는 이른 아침에 나는 여행을 떠날 준비를 했다.

"이게 다인가."

배낭에 짐을 넣은 후 기사로서 생활해왔던 방을 나섰다.

옷은 도피행 도중에 공주가 골라준 것을 입고 있었다. 나는 이제 기사가 아니니 이 옷차림이 더 어울릴 것이다.

성의 뒷문에 서 있는 보초를 향해 가볍게 고개를 숙이자 보초가 경례를 했다.

뒷문을 나서고 한동안 걸음을 옮긴 후 성을 돌아보며 깊이 고개를 숙였다.

"자~ 이제 어디에 가서 뭘 할까?"

자유란 말은 듣기엔 좋지만 결국 아무런 목적도 없다는 의미다.

"거기 숨어있는 녀석, 튀어나와. 나를 쫓아온 거냐?"

진로 방향에 있는 커다란 나무 뒤편에서 기척이 느껴졌다.

공주와의 일이 국외로 알려지는 것을 우려한 대신이 나를 없애버리자는 생각을 하더라도 이상할 것은 없다.

"나야, 라인."

모습을 드러낸 이는 후드가 달린 망토를 걸친 리오노르 공주였다.

왠지 이렇게 될 듯한 예감이 들었기에 딱히 놀라지는 않았다.

"일부러 배웅하러 온 겁니까?"

"너에게 사과를 하고 싶었어. 정말 미안해……."

공주답지 않게 가라앉은 목소리였다.

이렇게 공주가 의기소침한 모습은 처음 봤다.

"무슨 소리를 하는 거예요. 저는 이렇게 될 것을 알면서 동행한 거예요. 사과할 필요는 없어요. 오히려 자유로워져서 기분이 개운해요."

이 말의 절반은 진심이고 절반은 허세다.

"라인…… 새로운 결혼 상대가 정해졌어. 나는 곧 결혼을 할 거야."

그 고백을 듣고 충격을…… 받지는 않았다.

이미 이야기를 들었던 것이다.

어젯밤, 형이 집행된 후의 일이다. 공주의 전속 집사가 내 방으로 찾아왔다.

이번 일로 공주가 나에게 폐를 끼친 것을 사죄한 후 이런 이야기를 입에 담았다.

"그날 이후, 공주님은 다시 태어난 것처럼 얌전해지셨습니다. 그런 공주님을 본 다른 나라의 왕자가 한눈에 반했는지, 구혼을 한 것 같더군요."

"그랬, 군요."

"공주님은 라인 님의 죄를 가볍게 해주는 조건으로, 이 나라의 공주로서 약혼을 받아들이셨습니다. 앞으로는 공주라는 위치에 걸맞게 행동하겠다는 선언도 하셨죠. 언제까지 그게 유지될지 궁금하지만 말입니다."

그래서 국왕이 그런 태도를 취한 건가.

이번 사태를 감추기 위해서라면 나를 처형하는 편이 쉽고 빠른 방법일 것이다.

그런데도 왕이 결단을 내리지 못한 것은 나에 대한 동정심과 공주님의 제안 때문이었다. 이제 국왕도 조금은 마음이 놓일 것이다.

"라인……. 이제부터 어떻게 할 거야?"

어젯밤에 나눈 대화를 떠올리고 있을 때 공주의 가라앉은 목소리가 들려왔다.

"아직 정하지는 않았어요. 여행을 하거나…… 모험가가 되는 것도 괜찮을지 모르겠군요."

"그렇구나. 모험가인가. 응. 괜찮은 생각이야. 라인이라면 엄청나게 활약할 수 있을 거야."

"공주님. 저는…… 라인이 아니에요."

"그랬지. 그럼 이제부터는 더스트란 이름을 쓰는 게 어때?"

모험가 길드에서 썼던 가명이다.

솔직히 말해 어이없는 이름이라고 생각하지만 지금의 자신에게 어울린다는 생각도 들었다.

"그것도 괜찮겠네요."

"결국 함께 모험을 하지는 못했네. 그게 약간 아쉬워."

"그럴 상황이 아니었으니까요."

우리는 서로의 얼굴을 쳐다보고 쓴웃음을 흘렸다.

이런저런 일이 있기는 했지만 즐거웠다. 진심으로 그렇게 여겨지는 일주일이었다.

"그럼 슬슬 가볼게요."

이대로 계속 이야기를 나누고 싶다. 그게 본심이지만 더 같이 있어본들 헤어지는 것이 힘들어질 뿐이다.

마지막으로 나는 아무 말 없이⋯⋯ 손을 내밀었다. 공주님은 내 손을 지그시 응시했다.

만약 공주님이 이 손을 잡은 뒤 「나도 데려가줘」라고 말한다면 나는 목숨을 걸고 그녀를 지키겠다 맹세하리라.

두 번 다시, 그녀의 손을 놓지 않을 것이다.

이것은 나의 소망이지만 공주님도 그것을 바라지 않을까? 마음 한편에는 그런 기대를 품고 있는 내가 존재했다.

하지만 공주는 내 손을 잡지 않고⋯⋯ 난처한 미소를 지었다.

그 모습을 보고 전부 이해했다.

자신이 나아갈 길을 정했군요.

내가 손을 내리자 리오노르 공주는 금방이라도 울음을 터뜨릴 듯한 표정을 지었다. 그 표정을 못 본 척하기 위해 고개를 치켜든 나는 아침 해가 아직 떠오르지 않은 별 하늘을 올려다보았다.

한동안 가만히 있던 리오노르 공주가 눈가를 훔치더니 다시 나를 똑바로 응시했다.

"이제부터는 공주로서, 이 나라를 위해 살기로 결심했어……. 라인, 아니, 더스트. 이건 너한테 주는 작별 선물이야."

그렇게 말하며 공주가 건네준 것은 검 한 자루였다.

"이게 뭐죠?"

"마법검이야. 국보니 뭐니 하던데, 개의치 말고 가지고 가."

예전 같으면 사양했겠지만 공주가 저렇게 울먹거리면서 나한테 떠넘기니 받을 수밖에 없겠지.

"감사합니다."

내가 그렇게 말하자 공주는 얼굴을 쑥 내밀어 나와 입술을 포갰다.

"너는 내 기사니까, 앞으로는 나 혹은 네가 진정으로 지키고 싶은 사람을 위해서만 창을 써. 그것 외에는 이 검으로 싸우는 거야."

볼을 붉힌 리오노르 공주는 멋쩍어하면서 나를 노려보았다.

마지막까지 말도 안 되는 소리를 늘어놓는 공주님이다.

나는 공주의 옆을 아무 말 없이 지나친 후 걸음을 옮기며 손에 쥔 검을 치켜들었다.

"알았어, 리오노르."

"내일은 꼭~ 모험을 하자~."

얼굴이 새빨개진 공주님이 테이블에 넙죽 엎드린 채 그런 소리를 늘어놨다.

"약속……한 거야…… 쿠울~."

"겨우 잠들었나."

실컷 떠들어댄 후 술에 취해 뻗어버렸다.

전에 같이 있을 때는 모험가 흉내를 내지 못했다. 리오노르 공주는 그것이 아쉬웠던 걸지도 모른다.

술에 취해 리오노르 공주의 본성이 드러나서 린이 아니라는 사실이 들통날까 싶어 가슴을 졸였지만, 주위에 있는 녀석들은 우리를 신경 쓰지 않았다.

동료인 키스와 테일러를 먼저 곯아떨어지게 해서 다행이다. 공주가 술에 취하기 전에 보내버리려고 술을 계속 권한 결과, 두 사람은 이미 방으로 돌아갔다.

"꼭…… 이번에야말로~."

"예, 모험을 하죠."

잠든 리오노르 공주를 향해 나는 예전처럼 존댓말로 그렇게 말했다.

1

"그 녀석들은 대체 뭐하는 거야. 아직도 안 일어난 거 아냐?"

아침부터 퀘스트를 맡자고 말을 해뒀지만 테일러와 키스는 길드에 오지 않았다.

두 사람보다 술을 더 많이 마신 리오노르 공주는 멀쩡한데 말이야.

마을에 남아있기로 한 페이트포는 외출용 옷을 입고 아침 식사를 묵묵히 먹고 있었다.

아무래도 같이 갈 생각인 것 같군.

"술을 너무 많이 먹었나 보네. 가서 불러올게."

"아~, 무리일 거야. 그 두 사람한테는 이걸 먹였거든."

공주는 그렇게 말하더니 품속에서 작은 병을 꺼냈다.

그 병에는 탁한 녹색의 라벨이 붙어 있었다. ……저 병, 눈에 익는걸.

"너…… 그걸 먹인 거냐."

"무슨 소리를 하는 건지, 모르겠네~."

옛날에 나를 혼절시켰던 수면제를 그 두 사람의 술에 탄 건가.

그렇다면 점심때까지 일어나지 못할 거라는 것을, 나는 경험을 통해 알고 있다.

"무슨 생각인 거야? 그 두 사람 없이 퀘스트를 하는 건 무리라고."

"하지만 그 둘은 린 양에 관해 잘 알잖아? 퀘스트 도중에 정체가 들통나면 곤란하니까. 그리고 나와 이 애가 있으면 어떤 몬스터라도 식은 죽 먹기일 거야."

공주는 식사 중인 페이트포의 머리를 가볍게 두드리면서 여유 넘치는 태도를 보였다.

아~ 착각에 빠진 것 같네.

"저기 말이야. 이 녀석이 드래곤의 모습으로 돌아가면 어떤 적이든 무서울 게 없지만, 그럴 수는 없다고. 만에 하나라도 정체가 드러나면 소동이 일어날 거야."

화이트 드래곤은 부의 상징이라 여겨지며 신체의 일부들은 비싼 값에 거래된다.

그런 존재가 풋내기 모험가의 마을 액셀에 있다는 사실이 알려지면 모험가들이 혈안이 되어 찾아다닐 게 뻔하다. 실제로 일전에 목격담이 퍼졌을 때도 그랬다.

"그럼 어떻게 해? 둘 다 완전 곯아떨어졌을 거야!"

팔짱을 낀 공주는 볼을 부풀리고 불만을 표시했다.

자기가 이 사태를 초래했으면서 완전 적반하장이네······.

"어쩔 수 없지. 평소 패턴으로 가볼까. 외톨이, 네가 나설 차례야!"

"사람을 외톨이라고 부르지 마세요!"

내가 그렇게 외치자마자 떨어진 자리에서 태클이 날아왔다.

목소리가 들릴 때까지 존재감조차 없었지만 역시 있었던 거냐.

고개를 돌리자 외톨이 홍마족, 융융이 눈에 들어왔다. 물론 혼자였다.

"한가하지? 모험하러 가자."

"그게 부탁을 하는 사람의 태도인가요? 바쁜지, 한가한지 묻는다면 한가하긴 하지만요. 그래도 좀 예의를 지키는 게 어때요?"

여전히 성가시게 구네.

한가하고 할 일도 없으면서 매번 이렇게 거드름을 피운다니깐.

"매번 이러는 것도 성가시네. 갈지, 말지, 5초 안에 결정해. 하나~, 둘~, 셋~."

"자, 잠깐만 기다려 주세요! 죄송해요, 갈게요. 갈 테니까 데려가 주세요!"

울먹거리며 사과할 거면 내가 말을 걸자마자 결정을 하라고.

"이걸로 한 명 확보 했네."

"너…… 여자애를 저런 식으로 끌어들이는 건 좀 그렇지 않아?"

공주가 무슨 말을 했지만 못 들은 척했다.

"좋아, 그럼 한 명 더 잡으러 가자."

내가 자리에서 일어나자 식사를 마친 페이트포가 내 옆에 섰다. 다른 두 사람도 우리를 따라왔다.

"저기, 다른 한 사람은 누구야? 누구냔 말이야. 좋아, 계속 무시한다면 네 과거를 혼잣말로 떠벌리고 다닐 거야."

"제발 그러지 마. 다른 한 명은 너도 만나본 적이 있는 녀석이야."

"아하~. 평소와 같은 멤버인 거네요."

융융은 내가 누구를 끌어들이려는 건지 눈치챈 것 같았다.

리오노르 공주는 감이 오지 않는지 고개를 갸웃거리며 끙끙댔다. 저렇게 생각에 잠기면 조용하니까 그냥 내버려 둬야겠다.

익숙한 뒷골목에 들어선 후 어느 가게 앞에서 걸음을 멈췄다.

교섭도 귀찮아진 나는 크게 숨을 들이마신 후에 이렇게 말했다.

"바닐 나리가 버리라고 나한테 준 금이 간 컵을 어떻게 한다~. 나리가 사용한 후에 설거지도 하지 않은 건데, 그냥 아무데나 버릴까~."

"안 돼! 버릴 바에는 저한테 주세요. 가보로 삼을게요!"

가게에서 허둥지둥 뛰쳐나온 이는 바로 로리 서큐버스였다.

핏발 선 눈으로 나를 응시하지 마. 무섭다고.

"낮이라서 본업 쪽은 한가하지?"

"뭐, 그렇기는 해요. 그것보다 바닐 님의 컵은 어디 있죠?!"

"좋아, 이걸로 전원이 모였어. 모험을 하러 출발하자."

나는 로리사를 허리춤에 안아든 후 걸음을 내디뎠다.

"저기, 으음, 저는 지금 일하는 중인데요. 그리고 왜 수화물 옮기듯 저를 옮기는 거죠? 바닐 님의 컵은 어디 있는데요?"

"지금부터 퀘스트를 하러 갈 거니까, 같이 가자. 나리의 컵은 성공 보수로 나중에 줄게."

"그 말을 먼저 하라고요. 점장님, 잠시 나갔다 올게요! 밤까지는 돌아오겠어요!"

로리 서큐버스가 가게 입구를 향해 고함을 치자 문이 열렸다. 얼굴을 내민 점장 서큐버스가 미소를 짓고 손을 흔들었다.

융통성이 있는 직장인걸.

"납치나 다름없네……."

"범죄나 다름없다기보다, 그냥 범죄네요……."

리오노르 공주와 융융은 입가에 손을 대더니 나한테 겨우겨우 들릴 목소리로 그렇게 말했다.

"수고를 덜었을 뿐이야. 결국은 동행하게 될 테니, 거기서 거기잖아."

"대화는 그 과정을 즐기는 거잖아. 이러니 여성한테 인기가 없는 거야……."

"맞아요, 린 씨. 인기 없는 사람은 다 그럴 만한 문제가 있다니까요……."

멋대로 떠들어대는 저 두 사람은 그냥 무시하자.

융융만이라면 말싸움으로 박살을 내주는 것도 간단하지만 리오노르 공주는 말주변이 좋아서 본전도 못 찾을 게 뻔하다.

"동정에 인기 없는 사람은 실제로 해본 경험이 없으니까 꿈에서 속이기 쉬워서 편해요. 플레이 내용을 실수하더라도 그걸 모르거든요. 그러니 바보 취급하면 안 돼요. 안심하세요, 더스트 씨. 저는 당신을 이해해요. 파이팅이에요!"

"어이, 대체 하고 싶은 말이 뭐야?"

내 옆구리에 끼인 로리사는 나를 위로한답시고 이런 소리를 늘어놓는 걸까?

2

"그런데, 오늘 맡은 퀘스트는 어떤 거야?"

"저도 내용은 못 들었어요. 몬스터 퇴치인가요?"

"자세한 내용을 듣지도 못하고 유괴됐으니, 가르쳐줬으면
해요."

그러고 보니 퀘스트 내용을 아무한테도 이야기하지 않았군.

페이트포만은 흥미가 없는지 묵묵히 내 몸을 기어오르고
있었다.

"이 지역의 정석 퀘스트인 자이언트 토드 두 마리 토벌,
그리고 다른 하나는 자이언트 어스웜을 잡는 거야. 자이언
트가 붙은 녀석들로 골라봤어."

토드는 잡아서 페이트포에게 식사로 줄 생각이다. 두 마
리면 한동안은 버티겠지.

식비는 리오노르 공주가 내주기로 약속했지만 이대로 가
다간 공주는 금방 빈털터리가 될 것 같거든.

"저기, 자이언트 토드는 아는데, 다른 몬스터는 어떤 거야?"

"으윽, 그건 메구밍과 같이 다니던 시기에 한 번 본 적 있
는데⋯⋯."

"그 몬스터는 음몽에 출연할 때가 많아요. 그 녀석한테 먹
히는 모습이 끝내준다, 같은 소리를 하는 맛이 간 손님이 있
거든요."

로리 서큐버스가 한 말은 그냥 못 들은 것으로 해야겠다.

"간단히 말하자면, 거대한 육식성 지렁이야. 덩치는 크지
만 몸이 단단하지 않아서 쉽게 해치울 수 있어. 생명력이 좋
아서 끈질기기는 해. 통째로 먹히지 않도록 조심하기만 하

면, 식은 죽 먹기지."

수월한 몬스터지만 어째선지 여성 모험가 사이에서는 평판이 좋지 않다.

우리 파티도 자이언트 어스웜 퇴치를 하려고 한 적이 있으나 린이 필사적으로 반대해서 포기했었다.

"우와, 최악이야……."

"나도 질색인데……."

"저는 괜찮아요. 아니, 앞으로 참고로 삼을 수 있도록 삼켜지는 장면을 직접 보고 싶어요! 남녀 전부 삼켜지는 장면을 공부하고 싶으니까, 더스트 씨도 도와주세요."

"……머그면 마시써?"

비판적인 이가 둘, 호의적인 이가 하나, 알쏭달쏭한 이가 하나였다.

참고로 알쏭달쏭한 의견을 내놓은 어린애는 내 등에 도달하더니, 포대기로 내 몸에 자신의 몸을 고정시켰다.

이제 몬스터 퇴치할 때의 자기 위치가 여기라고 여기는 걸까.

"삼켜질 생각은 없고, 고기도 딱히 맛있지 않대. 우선 조그마한 개구리를 퇴치하러 가볼까. 이 아가씨도 슬슬 배가 고픈 것 같거든."

"응응."

입에서 흘러나온 침에 내 온몸이 젖기 전에 어떻게든 해야겠다. ……이미 오른쪽 어깨는 침 범벅이 됐지만 말이다.

페이트포는 움직이면 더 배가 고플 거라고 생각하는 건지, 나를 이동 수단으로 삼았다. 이 똑똑한 녀석, 옛날과는 정반대인걸.

"너도 나름대로 고생이 많네."

침에 범벅이 된 나와 거리를 벌린 리오노르 공주가 동정하듯 그렇게 말했다.

내가 공주를 향해 침에 젖은 팔을 내밀자 그녀는 뒷걸음질 쳤다.

"나를 동정하는 거지? 그럼 이 녀석을 대신 업어줘."

"그거랑 이건 엄연히 별개야. 동정은 자신이 그렇게 되고 싶진 않지만 불쌍하네, 라는 감정이거든. 즉, 싫어."

여전히 할 말을 딱 잘라서 하는 분이다.

다른 두 사람은 좀 떨어진 곳에 있어서 방금 대화를 듣지 못했으리라.

"공주님은 성에서는 접할 수 없는 귀중한 체험을 하고 싶으시다면서요? 화이트 드래곤 여자아이의 타액 범벅이 되는 건 흔히 접할 수 없는 경험일 거예요."

"윽. 그건 그렇지만, 그런 경험은 평생 안 해도 된다고 봐."

공주는 노골적으로 인상을 찡그리더니 쉿쉿 하면서 빨리 떨어지라는 듯이 손짓을 했다.

"아, 밥 냄새가 나."

침이 멎은 페이트포가 노려본 곳에는 거대한 개구리가 두 마리 있었다.

"네가 그렇게 고대했던 몬스터 퇴치를 시작해보자고."

"후훗, 내 실력을 보여주겠어."

후위인 마법사가 뚜두둑 소리를 내며 목을 풀면서 앞으로 나서지 말라고.

"린 씨, 저 녀석은 저한테 맡겨 주세요. 『파이어보』오오오올?! 뭐하는 거예요?!"

융융의 영창을 방해한 이는 바로 리오노르 공주였다.

공주는 융융의 나이에 비해 풍만한 가슴을 뒤편에서 움켜쥔 것이다.

"어머, 꽤 괜찮은 걸 가지고 있네. 아무튼, 내가 활약할 테니까 융융 양은 얌전히 있어."

"융융 양? 어, 어라? 린 씨, 평소와 분위기가 달라진 것 같은데요?"

"본성 드러내지 마…… 아, 실수로 내 술을 마셨거든. 아직 술이 덜 깬 것 같아."

"아, 취해서 기분이 고조된 거군요. 그럼 이해가 되네요."

잘 속아 넘어가는 녀석이라 다행이네.

"술에 취한 것처럼 보이지는 않는데 말이죠. 술 냄새도 안 나고요. 가게에 오는 주정뱅이 손님들과는 좀 다른 것 같은데요."

로리 서큐버스는 접객업을 해서 그런지 예리한걸.

융융은 걱정 안 해도 되겠지만 로리 서큐버스한테 들통나는 건 시간 문제 같았다. 여차하면 이 녀석에게만 자초지종을 이야기하는 편이 좋을지도 모른다.

골머리를 앓고 있는 나와 달리, 당사자인 공주는 약간 흥분한 상태에서 아무 생각 없는 얼굴로 들떠 있었다.

"그럼 한 방 날려볼까. 전부터 살아있는 상대한테 마법을 써보고 싶었어. 『파이어볼』."

리오노르 공주는 무시무시한 소리를 입에 담으며 마법을 날렸다.

말도 안 될 만큼 거대한 불덩어리가 모습을 드러냈다.

"어, 어엇?! 어마어마하게 크네요!"

융융은 너무 놀란 나머지 아연실색했다.

"머, 멈춰! 너무 과하─."

내가 말릴 새도 없이 불덩어리는 발사됐다.

그것은 자이언트 토드를 스치고 지나가더니 뒤편의 언덕에 명중했다.

그러자 엄청난 굉음과 열풍이 정면에서 불어왔고 열기가 우리의 몸을 감쌌다.

"아뜨! 우왓, 아뜨뜨뜨뜨뜨!!"

"끄아아아앗! 어, 얼굴이……!"

"익어버리겠어요! 노릇노릇하게 익어버리겠다고요!"

너무 뜨거워서 지면을 뒹굴고 있을 때 쿵 하는 둔탁한 소리가 정면에서 들려왔다.

고개를 천천히 들어서 소리가 난 곳을 쳐다보자 얼굴을 지면에 처박듯 쓰러진 자이언트 토드의 시꺼멓게 타버린 등이 눈에 들어왔다.

아~, 그래. 이 녀석이 열풍을 막아준 덕분에 우리는 목숨을 부지한 건가.

감사의 마음을 담아 나는 합장했다.

"어, 어라~. 혹시, 너무 셌어?"

사고를 쳤다는 걸 눈치챈 리오노르 공주가 멋쩍은 표정으로 머리를 긁적였다.

"린 씨. 어떻게 된 거예요?! 오늘은 컨디션이 정말 좋네요. 평소보다 위력이 엄청나요! 홍마족도 깜짝 놀랄 일격이었다고요!"

"선배, 대단해요~!"

"에헤헤. 별것 아닌 건 아닌가 보네."

칭찬 듣고 으스대고 있군.

머리를 긁적이며 멋쩍어하는 것 같지만 실은 가슴을 쫙 펴고 으스대고 있었다.

"어이, 방심하지 마. 한 마리 더 있…… 앗."

으스대고 있던 리오노르 공주가, 남은 한 마리에게 그대로 머리부터 통째로 삼켜지고 말았다.

그리고 곧장 들려진 후 거대한 개구리의 입에서 공주의

발만 쏙 튀어나와 있었다.

"흐ㄱ으으으으, 으ㄱ으으으읍!"

공주가 고함을 지르고 있으나 개구리의 몸속에 있는지라 제대로 들리지 않았다.

"나도 자이언트 토드에게 먹힌 적이 있는데, 냄새가 좀 나지만 꽤 따뜻하지? 첫 체험의 감상을 들려달라고~!"

나는 필사적으로 버둥거리는 공주의 발을 쳐다보면서 감상을 물었다.

"으윽쥬겨버리으읍거야아아아앗!"

"뭐라고 하는지 못 알아듣겠네."

"놀리지 말고 빨리 구해주세요! 『라이트 오브 세이버』!!"

융융이 휘두른 빛의 검이 자이언트 토드의 몸을 갈랐다.

풀려난 리오노르 공주의 몸은 타액으로 범벅이 되어 있었다.

"우에엑, 최악이야. 온몸이 끈적끈적해. 더스트, 몸 닦을 게 있으면 좀 줘봐."

"더러우니까 다가오지 마, 쉿쉿."

아까 전의 복수 삼아 나는 빨리 꺼지라는 듯이 손짓을 했다.

"이야, 성격이 참 끝내주네. 어쩔 수 없지. 오늘은 타액 범벅인 미녀와 포옹할 권리를 줄게."

"뭐?! 멍청아, 다가오지 마! 안 그래도 이 녀석의 침으로 범벅인데, 개구리 타액까지 묻는 건 싫다고!"

그렇게 외치며 뒤를 돌아보니…… 어느새 내 등에서 내린 페이트포가 등 부분이 새까맣게 탄 자이언트 토드를 열심히 먹어대고 있었다.

"우리 둘 다 점액 범벅이 되는 거야."

"흥, 그런다고 내가 주눅들 줄 알아? 할 수 있으면 어디 해봐!"

미소를 머금은 리오노르 공주가 타액을 줄줄 흘리며 나를 향해 뛰어왔다.

나는 양손을 펼치고 그런 그녀를 받아주려 했다.

"저 두 사람, 머하는 고야?"

"페이트포 양, 보면 안 돼."

"점액 플레이⋯⋯. 괜찮을지도 모르겠네요!"

나는 뭐라고 떠들어대는 녀석들을 신경 쓸 겨를이 없었다.

아슬아슬한 타이밍에 싹 피해서 창피를 당하게 해줄 속셈이다. 개구리의 타액은 비린내가 나니까 혼자서 즐기라고.

한 걸음만 더 내디디면 몸이 맞닿는 순간, 나는 왼쪽으로 몸을 날렸다.

"흥, 바닥이나 구르라⋯⋯ 아닛?!"

"점액 범벅의 포옹 같은 포상을 줄 리가⋯⋯ 엇?!"

리오노르 공주가 내가 피한 방향으로 진로를 변경했다.

서로가 동일한 방향으로 몸을 날린 결과⋯⋯ 우리는 정면에서 충돌하며 그대로 지면을 굴렀다.

"크아아아악, 박치기를 했어! 비린내 나! 악취가 어마어마한 데다, 끈적끈적하다고!"

"왜 피하는 거야! 이렇게 됐으니 마음껏 몸을 비벼야지! 에잇에잇에잇에잇."

"가슴 감촉보다 악취가 더 강렬해! 떨어져. 아아, 젠장. 미끌미끌해서 움켜쥘 수가 없어."

"잠깐만, 이상한 데 만지지 마!"

날뛰는 리오노르 공주를 움켜잡으려고 했으나 미끈미끈한 타액 때문에 그럴 수가 없었다.

"더스뜨, 뻬이뜨뽀도 가찌 할래~."

우리가 놀고 있는 것처럼 보인 건지 페이트포가 우리를 향해 몸을 던졌다.

그대로 재롱부리듯 버둥거리는 탓에 몸을 일으킬 수 없었고 사태는 점점 악화됐다.

"끈적끈적해 보이지만, 좀 즐거워 보여."

"융융 선배도 같이 하는 게 어때요? 지금이라면 자연스럽게 낄 수 있을 거예요! 참가자는 많은 편이 좋을 테니까요."

"으음, 메구밍한테 한번 당한 적이 있긴 한데…… 자이언트 토드의 타액 범벅이 되긴 싫어. 세 사람 다 한꺼번에 씻겨줄게요. 『크리에이트 워터』."

머리 위에서 쏟아진 대량의 물에 의해 점액이 씻겨나갔다.

리오노르 공주와 페이트포의 몸에 묻어 있던 점액도 씻겨나간 것 같았다.

"더스트 탓에 곤욕을 치렀어."

"그건 내가 할 말이거든?! 소송을 걸면 내가 이길 거라고!"

흠뻑 젖은 우리 셋은 마법으로 피운 모닥불을 둘러쌌다.

옷이 마를 때까지 쉬기로 했고 다른 두 사람도 앉아서 음식을 먹고 있었다. 페이트포는 다른 자이언트 토드 한 마리를 구워주자 기뻐했다.

"이걸로 퀘스트 하나는 달성했네. 귀중한 체험을 했으니, 다음번에는 독점하지 않을래. 역시 모험의 묘미는 파티 동료가 협력해서 싸우는 거니까!"

"그렇게 해줘."

자이언트 토드 정도라면 무모한 짓을 벌이더라도 감싸줄 수 있지만 강적이 상대라면 목숨이 위험할 것이다.

리오노르 공주는 한 나라의 중요 인물이니 크게 다치기라도 했다간 국제적인 문제가 될지도 모른다.

만일 그런 일이 벌어진다면 연회 프리스트에게 힐을 걸어 달라고 하자. 마법 실력만큼은 끝내주니 흉터 하나 남지 않겠지.

"남은 건 자이언트 웜이지? 그건 어디에 있어?"

"기본적으로 흙 속이라면 어디라도 있을 수 있다는데, 부엽토가 많은…… 이런 장소를 선호한대."

"흐음. 그래도 느닷없이 여기에 나타나지는 않겠지?"

"그래~. 에취~. 젠장, 감기 걸렸…… 우오오오오오!"

눈앞에 있던 모닥불이 순식간에 멀어졌다.

아니, 내 몸이 들려지고 있는 건가?!

아래편을 보니, 분홍색의 거대한 무언가가 내 몸의 허리 아랫부분을 삼키려 하고 있었다.

자이언트 웜이 하필이면 우리 발밑에서 나타났다!

"꺄아아아앗! 분홍색의 기다란 게 꼬불거려어어어엇! 기분 나빠, 완전 혐오 그 자체야아아아아아앗!"

"맛 업써 보여."

리오노르 공주는 겁먹은 표정으로 물러났고 페이트포는 한 걸음도 움직이지 않은 채 인상만 썼다.

"감상은 됐으니까, 빨리 어떻게 좀 해봐!"

"우왓, 더스트 씨가 잡아먹히려고 해! 몬스터는 아무거나 잘 먹네요."

"이게 자이언트 웜의 통째로 꿀꺽이군요. 흐음, 확실히 약간의 에로스가 느껴져요. 섹슈얼적으로 와닿는 게 있네요. 한 수 잘 배웠어요."

"감탄 그만하고 빨리 구해줘!"

달려온 용융과 로리 서큐버스도 느긋하게 구경만 하고 있었다.

자력으로 어떻게 하고 싶지만 허리 아래편이 몬스터의 입 안에 있어서 검을 뽑아들 수도 없다.

"더스트 씨~! 안은 어떤 느낌인가요~? 후학을 위해 자세하게 설명해주시면 감사하겠는데요~."

"그딴 건 몰라! 그냥 미끌거리고 뜨뜻미지근해! 이런 거야말로 네가 해야 할 거 아냐! 남자가 이래봤자 수요가 없다고!"

""우와~, 저질.""

리오노르 공주와 융융의 목소리가 하모니를 이뤘고 질린 듯한 시선이 나를 꿰뚫었다.

"안심하세요, 더스트 씨! 그쪽 방면의 수요도 확보가 가능할 것 같으니까요!"

"그 말의 어디에 안심할 요소가 있냐고!"

그런 바보 같은 대화를 나누는 사이, 내 몸이 서서히 빨려 들어갔다.

어느새 어깨까지 몬스터의 입안에 빨려 들어가 있었다.

농담이 아니라 슬슬 진짜로 위험했다.

"빨리 구해줘! 그러면 선착순 한 분에게 내 비장의 아이템을 줄게!"

"그 비장의 아이템이 뭐야?"

리오노르 공주는 약간 흥미가 생긴 건지 그렇게 말했다.

"저번에 바닐 나리와 공동개발한, 바닐표 수제 다이어트 만주야!"

그 말을 들은 여자들의 눈빛이 변했다.

"그건 귀족 사이에서 화제인, 묘한 가면 모양 낙인이 찍힌 만주를 말하는 거야?!"

"어, 매진됐는데 추가 생산된 건가요?!"

"바닐 님이 직접 만드신 만주!"

페이트포를 제외한 세 사람의 눈빛이 달라졌다.

리오노르 공주도 알고 있는 건 뜻밖이지만 아이리스의 시종인 클레어와 레인을 통해 귀족들에게도 이 정보가 퍼져나간 건지도 모른다.

이 만주는 일전에 나리의 의뢰로 회수한 안락 소녀의 열매에서 성분을 추출해 만든 히트 상품이지만, 너무 잘 팔려서 생산 즉시 날개 돋친 듯 팔려나가며 매진된다.

바닐 나리는 바로 생산량 증가를 도모하고 싶어 했으나 재료인 안락 소녀의 열매는 쉽게 손에 넣을 수 있는 물건이 아니기 때문에 지금은 판매 중지 상태다.

그런 귀중한 물건이 내 수중에 있을 리가 없지.

겉보기에는 그 만주와 똑같지만 내용물은 선물 가게에서 파는 흔한 만주였다.

……즉, 내가 만든 가짜다.

"지금 바로 도와줄게. 『프리즈 거스트』!!"

"그거라면 달라는 사람이 엄청 많을 테니, 저도 인기인이 될 수 있을 거예요. 『라이트 오브 세이버』!!"

"바닐 님이 직접 만드신 만주! 『패럴라이즈』."

눈에 핏발이 선 세 사람의 일제 공격에 자이언트 웜이 순식간에 퇴치됐다.

……만주가 가짜라는 걸 들키면 큰일이 나겠는걸.

만주를 건네준 후에는 한동안 모습을 감춰야겠다.

"그런데, 만주는 어디 있어?!"

"빨리 주세요! 약속했잖아요!"

"바닐 님이 직접 만드셨다면, 그건 그 분의 몸 일부나 다름없어요!"

세 사람 다 같은 물건을 원하고 있지만 세 사람의 목적은 달랐다.

"마을에 돌아가면 넘겨줄게. 그런 걸 가지고 퀘스트를 하러 올 리가 없잖아."

"뭐야~ 급하게 구해줄 필요는 없었던 거네."

노골적으로 실망한 이들과 달리 페이트포는 쪼르르 다가와서 나를 지그시 쳐다보았다.

나를 걱정해주는 걸까. 역시 나를 챙겨주는 건 파트너뿐인 것 같네.

"지렁이 머거도 돼?"

"……먹지 마."

아무도 나를 걱정해주지 않는다는 사실에 조금 울고 싶어졌다.

3

"저기, 벌써 돌아가는 거야? 아직 해도 안 졌잖아~."

두 번째 타액 제거 샤워를 마치고 액셀 마을로 돌아가고 있을 때, 리오노르 공주가 불만 섞인 목소리로 어리광을 부리듯 그렇게 말했다.

"포도 더 놀고 싶지?"

"배부르니까 졸려……."

공주의 말에 답하는 페이트포의 목소리는 왠지 졸린 것 같았다.

자신의 지정석인 내 등에 업힌 채 숙면을 즐기려는 속셈이리라.

"들었지? 억지 부리지 말고 빨리 돌아가자. 내일 또 하면 되잖아. ……아무튼, 같이 모험을 하기로 한 약속도 이걸로 지켰다고."

"흐음, 그때 한 약속을 기억하고 있구나."

히죽거리면서 나를 쳐다보지 마.

"하지만 모험을 좀 더 하고 싶긴 해. 린 양의 정체가 들통나서, 언제 다시 끌려가게 될지 모르잖아. 얼굴은 똑같더라도 행동거지로 들통날 게 뻔해."

이 상황을 자연스럽게 받아들이고 있었지만 그러고 보니 린은 지금 강제적으로 공주님 놀이를 하고 있을 것이다.

왕가의 예의범절 같은 걸…… 알 리가 없지.

"옛날 옛적에 들통났을 거야. 추적의 손길이 코앞까지 다가와 있는 거 아냐?"

"윽, 그래. 어쩌면 이 근처에 숨어있을지도 몰라."

의심에 사로잡힌 우리는 주위를 경계했다.

페이트포도 우리를 흉내내듯 주위를 두리번거리기 시작했다.

"더스프, 저 나무 뒤에 누가 이써."

페이트포가 손가락으로 가리킨 방향을 힐끔 쳐다보았다.

유심히 살펴보니 지면에 드리워진 나무 그림자에 다른 그림자가 포개져 있었다.

"역시 그 수염 집사는 솜씨가 좋은걸. 어이, 이미 들켰으니까 그냥 튀어나와."

"지, 진짜로 있는 거야?!"

리오노르 공주는 허둥지둥 내 등 뒤에 숨었다.

이제 와서 숨어봤자 소용없다고.

"흐음, 내 기척을 눈치챈 거야? 꽤 하네."

나무 뒤편에서 모습을 드러낸 이는 새빨간 이브닝드레스 차림에 붉은색 장발을 지닌 여성이었다.

앞 머리카락으로 한쪽 눈을 숨겼고 가슴팍이 깊이 파여 있어서 엄청 요염했다. 가슴의 볼륨도 길드 직원인 루나에게 필적할 것 같다.

"되게 쪽팔리는 옷차림이네. 마을 안에서도 눈에 확 띄는 저런 옷을 왜 이런 인적 없는 곳에서 입고 있는 걸까?"

"모험가는 아닌 것 같네요. 혹시 평소에는 부끄러워서 못 입으니까, 이렇게 인적 없는 장소에서 몰래 입어보는 것 아닐까요?"

"설마 동업자인가요. 이런 장소에서 호객행위를 하다니, 정말 의욕이 넘치네요."

여자애들은 위화감 넘치는 저 복장에 관해 이런저런 의견을 내놓고 있었다.

그것이 들린 건지 드레스 차림인 여성이 얼굴을 새빨갛게 붉혔다.

"너희들, 나를 놀리는 거지?! 나는 부끄럼쟁이도 아니고, 물장사를 하는 것도 아냐. 그리고 거기 너, 내 복장 센스에 트집을 잡는 거냐?!"

침을 튀기면서 고함을 지를 때마다 풍만한 가슴이 옷밖으로 흘러나올 것처럼 흔들렸기에, 노출도가 높은 저 복장은 내 기준으로 정말 끝내줬다.

오히려 더 격렬하게 화내줬으면 한다.

조금만 더 하면 숨겨진 부분이 보일 것 같다고! 파이팅! 조금만 더, 조금만 더 하면 돼!

"저기, 더 발끈해봤자 이 색골이 기뻐할 뿐이거든?"

리오노르 공주가 괜한 소리를 입에 담았다.

"어, 어디를 쳐다보는 거야, 이 자식아!"

그녀는 가슴 계곡을 허둥지둥 손으로 가린 후 나를 노려보았다.

"그야 당연히 가슴이지! 찌찌를 훤히 내놓은 옷차림을 하고 있으면서, 쳐다보지 말라는 거냐? 헛소리 말라고. 그러면 얌전한 복장을 하란 말이다! 찌찌가 보일 듯한 복장을 하고 있으면서, 남이 좀 쳐다본다고 색골이나 치한 같은 소리를 늘어놓지 마!"

"······그런 말은 한 적 없는데······."

그러는 녀석들이 있거든. 진짜 곤란하다니깐.

"저기, 너무 쳐다보는 거 아냐······?"

"그렇게 헤벌쭉하고 쳐다보면, 치한 취급을 당하는 것도 무리는 아니라고요······."

"저희 가게를 찾았을 때와 똑같은 표정이었어요."

"더스뜨, 변태."

젠장, 내 편은 한 명도 없는 거냐!

"자, 잠깐만 있어봐! 저렇게 야한 옷을 입어놓고 쳐다보지 말라는 건 이상하잖아? 저 녀석도 남자들의 시선을 받고 싶으니까, 저렇게 음란한 옷을 입은 게 틀림없어!"

내가 열변을 토하면 토할수록 여자들은 나와 거리를 뒀다.

왜 그러는 거야. 나는 당연한 소리를 했을 뿐이라고······.

"더스트, 그렇지 않아. 여자는 남자들의 시선을 의식하며 옷을 고르기도 해. 하지만 아무 남자나 봐주기를 바라는 게 아니라, 자신이 좋아하는 상대가 봐줬으면 하는 거야. 저 사람도 마음속에 둔 이의 관심을 끌고 싶으니까, 저렇게 화려하고 음란하며 쪽팔리는 옷을 입고 있는 걸지도 몰라."

리오노르 공주는 내 어깨에 손을 얹고 상냥한 어조로 말했다.

우리 둘이 빨간색 드레스를 입은 여성을 동시에 쳐다보니 그녀는 난처한 표정을 짓고 있었다.

"이런 옷을 좋아하는 것 뿐인데……. 그렇게 이상해? 멋지잖아. 화끈하잖아……."

아, 자기 옷을 쳐다보며 풀이 죽은 표정을 짓고 있네.

"아까는 미안해. 말이 좀 심했어. 자기가 좋아하는 옷을 입는 게 최고야! 노출증 환자 같은 센스지만 개의치 마!"

"맞아요! 홍마족은 하나같이 독특한 센스를 지녔지만, 누구도 부끄러워하지 않고 당당히 행동해요! 자신감을 가지세요!"

"노출도가 높은 게 이상한 건가요?"

"저런 옷은 움지기기 뻔해."

이야기가 본론의 문턱도 넘지 못하네.

저 빨간 누님의 복장에 관해 이야기꽃만 피우고 있을 뿐 정체를 유추하지도 않고 있잖아.

한편 저 누님은 우리 말을 듣고 삐친 건지, 지면을 발로 걷어차고 있었다.

"그런데, 너는 대체 누구야?"

"빨간색이 문제인 걸까. 아니면 이 드레스가 문제인 걸까……. 아, 맞다. 아직 이름을 밝히지 않았지. 나는 페리에. 저 여자에게 볼일이 있어."

그녀는 정신을 차리더니 가슴을 펴고 자신의 이름을 밝혔다.

그 움직임에 맞춰 출렁거리는 저 탐스러운 과실이 끝내주는걸. 로리 서큐버스의 가슴을 힐끔 쳐다보니 그야말로 하늘과 땅 차이였다.

"뭐예요. 무슨 말이 하고 싶은 거죠? 하고 싶은 말 있으면 어디 한 번 해보세요. 참는 건 몸에 안 좋아요."

나는 도끼 눈으로 노려보는 로리 서큐버스의 어깨에 손을 상냥히 얹었다.

"가슴이 참 작네."

"이이이이익! 이 상황에서 진짜로 말하는 사람이 어디 있어요! 상냥함이나 배려라는 걸 알기는 해요?!"

"네가 말해보라고 해서 순순히 말한 거잖아!! 왜 발끈하는 건데?!"

"이건 정당한 분노예요!"

로리 서큐버스가 양손으로 나를 두들겨 패려 했고 나는 그녀의 머리를 손으로 밀어서 막았다.

그녀가 헛손질 중인 두 팔을 풍차처럼 빙글빙글 돌리니 꽤 시원했다.

"어이, 내 말을 무시하지 말아주겠어……?"

페리에는 왠지 지친 표정으로 그렇게 말했다.

아까부터 이야기가 계속 탈선되어 본론에 들어가지 못했다.

"아, 미안해. 그런데 너는 정체가 뭐야?"

일단 물어보기는 했지만 십중팔구 리오노르 공주를 잡으러 온 왕국 측 사람일 것이다.

정체가 탄로 나는 것을 막기 위해 일부러 저렇게 기발한 옷을 입은 게 틀림없다.

"훗, 미안하지만 정체를 밝힐 수는 없어. 아까도 말했다시피, 내가 볼 일이 있는 건 저 여자야. 순순히 따라온다면 해를 끼치지는 않겠어."

아무래도 이제 정신을 차린 것 같았다.

그녀는 머리카락을 쓸어올리며 풍만한 가슴을 쑥 내밀었다.

"……더스트, 분명 아버님 아니면 집사가 보낸 추적자가 틀림없어."

"……그렇겠지. 저 화려한 복장도 변장일 거야."

우리가 낮은 목소리로 대화를 나누고 있을 때, 누군가가 한 걸음 앞으로 나섰다.

"목적이 뭔지는 모르겠지만, 린 씨를 데려갈 수는 없어요!"

손가락을 쑥 내밀며 그렇게 멋진 발언을 한 이는 바로 융융이었다.

볼이 약간 씰룩거리는 걸 보면 남들 눈에 띄는 것에 환장한 홍마족의 피가 끓고 있는 걸지도 모르겠는걸.

융융은 홍마족치고 꽤 정상적인 편이라서 평소에는 홍마족의 그런 면을 질색하는 척했지만⋯⋯ 역시 피는 못 속이는 건가.

"흐음, 친구를 감싸는 거구나. 참 갸륵하네."

"치, 친구? 아, 아직 친구는 아닌데요."

왜 이 타이밍에 부끄러워하는 거야.

"⋯⋯융융 양과 린 양은 친구가 아닌 거야?"

"아직 친구 미만의 관계일걸?"

융융은 중증 외톨이라 친구를 만드는 게 서툴렀고, 린은 자신과 친구가 된 융융이 나나 키스에게 악영향을 받지 않을까 걱정이 되어 약간 거리를 두고 있었다.

한편, 나에게 질문을 했던 리오노르 공주는 로리 서큐버스와 뭔가를 상의하고 있었다.

"뭐, 막고 싶으면 힘으로 막아봐. 이 페리에 님을 상대—"

""『패럴라이즈』.""

상대가 한창 말을 늘어놓고 있을 때 리오노르 공주와 로리 서큐버스가 동시에 마법을 펼쳤다.

"앗, 어버버버버."

방심한 틈에 같은 마법에 중복으로 걸린 페리에는 지면에 쓰러졌다.

저 옷차림으로 경련을 일으킨 것처럼 몸을 부들부들 떠는 모습이 참 에로틱한걸.

"휴우, 이제 됐어."

"여전히 약아빠졌네."

"무슨 소리를 하는 거야. 승부에서는 방심한 쪽이 지게 되어 있어. 게다가 괜한 소리를 늘어놓기 전에 입을 막아버리고 싶었거든."

기습을 했으면서 되게 의기양양하잖아.

"으음, 이래도 되나요?"

활약할 기회를 빼앗겨 아쉬운 듯한 융융이 페리에와 우리를 번갈아 쳐다보며 당황했다.

"괜찮아. 싸움을 걸어온 건 저 사람이잖아. 게다가 마비를 시켰을 뿐이라고. 생채기 하나 입히지 않고 제압해줬으니 충분히 상냥한 편일걸? 하지만…… 이대로는 반성을 안할지도 모르니까, 이참에 두 번 다시 우리에게 맞서지 못하도록 협박을 해둘까."

"상대는 여성이니까 폭력을 휘두르지는 마."

"알았다고."

나는 꼼짝도 못 하는 상태에서 무시무시한 눈길로 우리를 쳐다보는 페리에 앞으로 간 뒤 몸을 웅크렸다.

깊게 파인 드레스 자락이 쓰러지면서 말려 올라간 탓에 속옷이 보일락 말락 했다.

나는 근처에 떨어져 있던 나뭇가지를 주워서 그 드레스 자락 부분을 천천히 걷어 올렸다.

"자~ 곧 속옷이 보일 거라고. 저항하고 싶으면 어디 해봐. 저항 못 한다면 동의한 거라고 판단해도 되지?"

곧 속옷 색깔을 판별할 수 있을 것 같았다.

"오오, 눈물을 글썽이며 노려보는 눈길이 참 끝내주는걸. 자, 이제 다 됐, 아야야야야야야야앗! 뭐하는 거야?!"

머리를 두들겨 맞은 내가 뒤를 돌아보니 주먹을 말아쥔 리오노르 공주가 눈에 들어왔다.

"그건 범죄야."

"쓰레기라는 건 알고 있었지만, 그러다간 또 경찰 신세를 질 거예요."

"저항을 못 하는 상대를 이런 식으로 괴롭히는 건가요. 다크니스 씨 같은 성적 취향을 가진 분들이 좋아할 것 같네요. 메모해둬야지."

"색꼴."

한 사람 말고는 전부 나를 비난했다.

이럴 때는 두 번 다시 자신에게 맞서지 못하도록 따끔한 맛을 보여주는 게 올바른 처세술이라고 생각하는데 말이야.

"딱히 문제 될 건 없잖아. 나는 팬티를 구경해서 행복하고, 이 녀석은 팬티 노출만 당하고 다른 해를 안 당해서 행복해. 손해 보는 사람이 없다고."

"페리에 씨, 맞지? 저 사람만 일방적으로 손해를 보잖아. 색꼴 양아치한테 자기 팬티를 보여주는 건 일종의 고문이야."

"맞아요! 여성은 좋아하는 사람한테만 자기 속옷을 보여주고 싶어 한다고요!"

융융이 기회를 잡았다는 듯 나를 비난했다.

평소 말싸움으로 나한테 지기만 했다고 편승해서 그런 소리를 하는 거냐.

"저기~ 곧 마비가 풀릴 거니까, 빨리 이 자리를 벗어나야 하지 않을까요?"

"아, 그래. 몬스터도 근처에 없는 것 같으니, 그냥 내버려 두자고."

"그렇게 하자. 그래도 혹시 모르니까 『패럴라이즈』를 또 걸어둬야지."

리오노르 공주가 마법을 다시 걸고 나서 우리는 액셀 마을로 돌아갔다.

4

융융, 로리 서큐버스와 헤어진 우리는 길드로 돌아가서 보수를 받았다.

그리고 지금은 술집 구석에서 밥을 먹고 있다.

페이트포는 개구리를 두 마리나 먹은 직후라 배가 고프지 않은 건지, 빨대로 주스를 홀짝이고 있었다.

"벌써 추적자가 찾아왔네. 이제 어떻게 하지?"

"그냥 돌아가는 편이 좋을 거야. 솔직히 말해, 이 바꿔치기는 무리라고 생각하거든. 겉모습은 똑같을지 모르지만, 린이 공주 행세를 할 이유가 없잖아."

"으음~, 마음이 맞는 메이드에게 편지를 건네주라고 부탁해두긴 했어~. 그 편지에는 잠시동안 내 행세를 해준다면 보수를 주겠다고 적어놨거든."

미리 대책을 세워두긴 한 건가. 그렇다면 린에게도 메리트가 있긴 했다.

"그럼 이미 들통난 거 아냐? 공주님과 다르게, 그 녀석은 연기가 서툴다고."

"역시 그렇게 된 걸까. 메이드한테 챙겨달라고 부탁해뒀는데 말이야."

페리에라는 빨강머리 여자는 따돌렸지만 왕의 명령을 받고 또 우리를 쫓아올 것이다.

공주의 탈주 사실이 널리 알려지는 것을 바라지는 않을 테니 대대적으로 인원을 동원하진 않겠지만, 그래도 경계는 해두는 편이 좋을까.

"린은 지금 어쩌고 있을까? 구속된 건 아니겠지?"

"그 점은 안심해. 정체가 들통나더라도 죄인 취급은 당하지 않도록 손을 써뒀어. 아마 할아범에게 사과를 받을걸?"

그 사람은 공주에게는 엄격하고 유능한 사람이니까 이유를 알면 납득해줄 것이다. 어쩌면 린은 지금 손님 대접을 받으며 한창 호사를 누리고 있을지도 모른다.

5

"왜 아무도 믿어주지 않는 거야!"

나는 평생 한 번도 들어와 본 적 없는 호화로운 장식품이 놓인 방에 갇혀 있다.

"그 수염 자식은 내가 무슨 말을 해도 전부 「연기가 어설프군요」라고 말하잖아!"

홧김에 천장 달린 침대 위에 놓인 베개를 집어 던지려다…… 관뒀다.

만약 이 방의 장식품에 명중해서 망가지기라도 했다간 보상할 자신이 없다.

치켜든 베개를 내려놓은 후 침대에 털썩 엎드리며 고개를 묻었다.

"공주라니……. 내가? 웃기지도 않아."

침대 옆에 놓여 있는 사진 액자를 손에 쥐었다. 그 사진에는 화려한 드레스를 입은 한 여성이 찍혀 있었다.

"확실히 나와 무시무시할 정도로 닮기는 했어."

꼼꼼히 살펴봐도 나로 착각할 만큼 닮긴 했다.

머리카락 색깔과 특정 부위 한곳을 제외하면 말이다.

가슴 언저리를 쳐다보니 볼륨이 명백하게 달랐다.

"가슴을 보여주며 진짜와의 차이점을 어필하는 건…… 최종수단으로 삼자. 응, 그게 좋겠어."

수치심과 자존심이 마지막 한 걸음을 내딛지 못하게 했다.

"현명한 판단이라고 생각해요."

"누구야?!"

나 말고 아무도 없는 이 방에 여성의 목소리가 울려 퍼졌다.

허둥지둥 주위를 둘러보니 아까까지 아무도 없었던 침대 옆에 메이드 복장을 한 여성 한 명이 서 있었다.

"대체 어느새……."

"도주에 능숙한 공주님을 잡기 위해 고용된 전직 도적이에요. 《잠복》, 《함정 감지》, 《엿듣기》 스킬도 쓸 수 있죠. 그리고 포박을 할 때는 특기인 채찍질을 이용하고 있답니다."

진짜 이 공주는 대체 어떤 사람인 걸까…….

"으음, 언제부터 거기 있었어?"

"처음부터 계속 있었어요."

"그럼 아까 내가 한 말도 다 들었겠네. 좀 부끄럽지만, 잘됐어. 이제 알았지? 나는 공주가 아니라 딴 사람이고, 이 일에 휘말렸을 뿐이야!"

아까 전의 혼잣말도 연기라고 생각하지는 않을 것이다.

이걸로 오해가 풀린다면 나는 해방되리라.

"예, 딴 사람이라는 건 알고 있어요."

"……뭐? 알고 있어?"

"리오노르 공주님으로부터 이번 계획의 설명을 들었거든요. 참고로 저는 공주님의 전속 메이드이자, 협력자이기도 하죠."

"계획? 협력자? 좀 수상한 느낌이 드는데……. 혹시, 나는 우연히 휘말린 게 아닌 거야……? 으음, 모르는 것투성이라 그러는데, 질문 좀 해도 돼?"

"뭐든 물어보세요."

아, 물어봐도 되는구나. 아무것도 알려줄 수 없다고 할 줄 알았는데.

"우선 이것부터 물어볼게. 『공주를 잡기 위해 고용됐다』고 방금 자기 입으로 말하지 않았어?"

"원래는 그랬지만, 공주님이 저에게 거금을 주고 매수했어요. 그래서 지금은 양쪽에서 짭짤하게 급료를 챙기고 있죠."

표정을 전혀 바꾸지 않고 저런 소리를 늘어놓네…….

남 일이기는 하지만 이 사실이 알려지면 큰 문제가 되지 않을까?

"아까 말한 계획이란 건 대체 뭐야?"

"공주님은 예전부터 자유로운 삶을 동경하셨어요. 그런 공주님이 어떤 정보를 입수했죠. 액셀 마을에 자신과 판박이처럼 닮은 모험가가 있다는 정보죠."

"그게 나구나."

"그렇답니다. 그 모험가를 이용…… 도움을 요청해서 자유를 손에 넣자는 작전이에요."

이 사람은 무표정하고 머리가 좋아 보이지만 아까부터 본심을 털어놓고 있네.

눈앞의 메이드가 한 말을 믿는다면 이 상황은 우연히 발생한 것이 아니라 리오노르 공주가 의도한 것으로 봐야 할까.

"자세한 내용은 여기에 적혀 있으니 읽어보세요. 리오노르 공주님께서 남겨두신 편지예요."

메이드가 건네준 종이를 보니 엄청난 달필로 쓰여진 편지였다.

진짜 공주답게 교양으로서 글씨체 교육도 받은 걸지도 모른다.

자유 없이 혹독한 교육을 받으며 살아온 공주의 모습을 상상하자 이 상황을 초래한 그녀를 용서해줄까 싶은 생각이 들었다.

"어떤 변명이 적혀 있을지 참 기대되네."

『린 님. 이 사태에 당신을 휘말리게 한 점, 진심으로 사죄드립니다. ……자, 사과했으니까 용서해줘! 그리고 너한테도 손해는 아닐 거야. 평민들은 왕족의 삶을 동경한다며? 호화로운 생활을 누릴 수 있고, 억지도 마음껏 부……릴 수는 없을 거야. 요즘 들어 다들 내 말을 안 듣거든. 틈만 나면 탈주를 하고, 국보를 훔쳐서 팔아치우거나, 국가 기밀을 술집에서 폭로했을 뿐인데 말이야. 너무하지 않아?』

　거기까지 읽은 후 나는 천장을 올려다보았다.
　천장에 달린 샹들리에가 또똑히 보이네. 내 눈은 정상인
것 같아.
　"저기, 리오노르 공주는 어떤 사람이야?"
　"제멋대로, 생떼, 약삭빠름을 더한 다음에 곱하기 2를 한
분이죠."
　"나누는 게 아니라 곱하는 구나……."
　편지와 메이드의 이야기를 통해 대체적인 성격은 파악했다.
　나는 마음을 다잡으며 편지를 계속 읽었다.

『─아, 푸념 같은 걸 들어봤자 재미없을 거야. 좀 진지한 이
야기를 하자면, 나는 한 번쯤 모험가로서 자유롭게 살아보
고 싶었어. 단 며칠만이라도 괜찮으니, 속박받지 않는 생활
을 해보는 게 꿈이야. 그리고…… 지키지 못한 약속이 있어.』

　약속? 그 말이 왠지 마음에 걸렸다.
　이 공주와는 만난 적도 없는데…….

『물론, 폐를 끼친 것에 대한 답례는 할게. 몇 년은 놀면서
지낼 수 있을 정도의 돈을 주겠어. 그러니까, 미안하지만 한

동안만 리오노르 공주 행세를 해줘. 그것만으로는 보수로 부족할지도 모르겠네. 아, 맞다. 만약 며칠 동안 들통나지 않고 버틴다면 **더스트의 과거를 들려줄게.**』

무심코 어느 한 부분을 다시 읽었다.
……더스트의 과거?
"어, 뭐가 어떻게 된 거야? 리오노르 공주와 더스트는 아는 사이야?"
지금까지는 대충 훑어봤지만 여기서부터는 한 글자도 놓치면 안 되겠네.
나는 자세를 고치고 편지를 응시했다.

『자, 걸려들었지? 더스트와 내 관계를 알고 싶다면…… 감이 올 거야. 이 정보가 거짓이라고 의심하면 곤란하니까, 편지를 다 읽은 후에 메이드한테 내가 맡겨둔 물건을 달라고 해. 아, 참. 그걸 보고도 거절하고 싶어지면 그렇게 해. 금방 해방될 수 있도록 손을 써놨거든. 이야기가 쓸데없이 길어졌네. 네가 최선의 결단을 내리기를 빌게.』

─라는 말로 편지가 끝났다.
하고 싶은 말이 많지만 그 전에 확인해야 할 것이 있다.
"메이드 씨. 공주님이 맡겨둔 물건이 뭐야?"

"이것입니다."

그녀는 사진 한 장을 건네줬다.

거기에는 화이트 드래곤과 환한 미소를 짓고 있는 리오노르 공주……

그리고 가늘게 뜬 눈으로 그녀를 응시하며 상큼한 미소를 머금고 있는 더스트가 담겨 있었다.

"이게 누구야?! 보기만 해도 소름 돋아!"

등골이 오싹해졌다!

벌레 한 마리 죽이지 못할 것처럼 생긴 이 훈남은 대체 누구지? 이런 표정을 지은 더스트는 지금까지 단 한 번도 본 적이 없다.

지금보다 젊네. 가운데에 있는 화이트 드래곤은 페이트포 같아. 그리고, 옆에서 행복한 미소를 머금고 있는 사람이 리오노르 공주야.

그런 공주를 바라보고 있는 이 남자가 더스트구나.

……내가 모르는 더스트를 보니 왠지 가슴속이 부글부글 끓었다.

"저기, 그러니까 더스트는 옛날에 리오노르 공주님을 모셨던 거야?"

"자세한 이야기는 공주님에게 직접 들으세요."

자초지종을 알고 싶다면 순순히 공주 행세를 하라는 거구나.

"재미있네. 전부터 하도 정보를 찔끔찔끔 내놓아서 짜증이 나던 참이야. 그런 녀석은 아무래도 상관없지만, 비밀 같은 건 딱 질색이거든. 좋아~, 완벽하게 공주를 연기해서 전부 캐물어주겠어!"

진짜로 더스트의 과거 같은 건 관심 없지만 그 녀석이 숨기는 비밀을 파헤치고 싶어졌어.

진짜로, 진짜로, 더스트의 과거 같은 건 관심 없지만 말이야!!

주먹을 말아쥐고 의욕을 불태우자 옆에서 박수 소리가 들려왔다.

"제대로 해볼 마음이 생기셨나 보군요. 다행이에요. 그럼 한나절 안에 최소한의 예의범절을 익혀 주셔야겠어요."

메이드는 그렇게 말하고 용지 한 장을 침대 위에 내려놨다.

언뜻 보니 스케줄표 같았다.

"저기, 식사와 수면 시간 이외에는 일정이 빡빡하게 잡혀 있는 것처럼 보이거든?"

"예. 오늘 밤에는 귀족과 회식이 있으니, 그전까지 매너와 말투를 익혀야 해요."

"리오노르 공주는 말괄량이라면서? 예의범절 같은 걸 지키지 않을 것 같은데⋯⋯."

"골치 아프게도, 그분은 남들 앞에서 얌전한 척 굴죠. 그래서 본성을 모르는 분들 사이에서는 평판이 참 좋답니다."

진짜로 골치 아프네.

정말 성가신 성격의 소유자인 것 같다.

"자, 그럼 즐거운 식사 매너부터 시작해볼까요."

내가 생각에 잠겨 있는 사이에 준비된 요리는 평생 맛본 적이 없는 음식이라는 걸 한눈에 알 수 있었다.

쳐다보고 있기만 해도 자연스레 입안에 침이 고였다.

"그럼 열심히 해보죠."

메이드는 처음으로 표정을 풀고 미소 지었다.

하지만 그녀가 손에 쥔 것은…… 채찍이었다.

섣부른 판단을 내린 걸까.

"하아~, 피곤해 죽겠네~."

어깨가 훤히 드러나는 드레스를 입은 채 침대에 그대로 몸을 날렸다.

태어나서 처음으로 만찬회라는 것에 참가해서 실수하지 않도록 필사적으로 조심했지만 제대로 했을지 자신이 없었다.

하지만 수염 집사와 메이드가 도와준 덕분에 정체가 들통 나지는 않았을 것이다.

"수고 많으셨습니다."

갑자기 귓가에서 목소리로 들려왔다.

평소 같으면 놀랐겠지만 너무 피곤해서 목소리에 반응하는 것도 귀찮았다.

"기척을 숨기고 다가오지 말아 줄래?"

"이미 버릇이 되어버린지라……."

이 메이드, 암살자 같은 소리 좀 하지 말아주면 좋겠네.

"저기, 나는 공주님 같아 보였어?"

"합격점이었다고 생각해요."

"그럼 됐어……."

정체를 숨기며 타인 행세를 하는 건 이렇게 힘들구나.

오늘은 도와주는 사람이 많아서 어찌어찌 됐지만 앞으로 계속 공주인 척 한다면 왕족 앞에서도 같은 일을 해야 할 거야.

역시 그냥 관둘까. 상상만 해도 오싹해.

"저기~, 메이드 씨. 이제라도 캔슬 가능해?"

"유감이지만, 오케이를 한 후에는 거부권이 없습니다."

"완전 악덕 고리대금업자네……."

매몰찬 대답만 들었다. 이렇게 되면 기회를 봐서 도망칠 수밖에 없을까.

"참고로 말씀드리자면, 리오노르 공주님은 도망이 취미셨습니다. 쓸데없이 뛰어난 마력과 잔머리를 활용해 매일같이 성에서 탈출하셨죠. 그래서 저를 비롯한 메이드와 병사는 감시와 포박에 능숙해졌습니다."

이 무표정 메이드, 도망갈 생각을 버리라는 소리를 돌려서 하네. 확실히 이곳의 사람들은 몸놀림이 1류 모험가 같다. 혼자서 화장실에 갈 때도, 모습은 보이지 않지만 다수의 인기척이 느껴져서 안심할 수가 없었다. ……아마 도망쳐도 바로 잡힐 것이다.

"섣부른 판단을 내린 걸까~."

"아직 사교계 데뷔 첫날이잖아요. 이래서야 앞날이 걱정되는군요. ……어쩔 수 없죠. 의욕이 나는 이야기를 들려드리죠."

"의욕이 나는 이야기? 어린애가 좋아할 만한 영웅담이라도 들려주려는 거야?"

"우리나라에서 가장 유명한 이야기랍니다. 말괄량이 공주님과 천재라 불린 드래곤나이트. 사랑의 도피행을 한 두 사람의 이야기는 어떨까요?"

그 말을 듣자마자 상반신을 일으켰다.

"자세하게 이야기해봐."

6

"―뭐, 이런 일이 있었어요."

이야기를 끝까지 들었다. 이유는 모르겠지만 부아가 치밀었다.

"저기, 진짜로 그 라인이라는 사람이 더스트 맞아? 그 기사의 귀감 같은 사람이 더스트 본인이라는 게 도저히 믿기지 않거든?"

"저는 지금의 더스트 님이라는 분이 믿기지 않아요. 너무 딴판이라 아예 다른 사람 같아요. ……악마에게 혼을 팔기라도 한 건가요?"

"내가 묻고 싶을 정도야……."

우리는 서로를 쳐다보고 한숨을 내쉬었다.

타이밍이 절묘하게 겹쳐서 우리는 무심코 웃음을 터뜨리고 말았다.

"유감이지만, 망상이 아니라 진짜 같네. 그런데, 으음…… 공주님과 손을 맞잡고 도망쳤다는 이야기는 사실이야?"

"함께 도망친 건 사실이에요. 하지만 도피행 당시의 일은 공주님께서 이야기해주신 거라서, 신빙성은 딱히 없다고 할까요……."

메이드는 무표정한 얼굴로 볼에 손가락을 대고 고개를 갸웃거렸다.

자기가 모시는 주인의 말을 믿지 않는 거구나.

"본인이 한 말인데도 말이야?"

"그분은 숨 쉬듯 자연스럽게 거짓말을 하니까요. 평소 행실이란 건 참 중요하다니까요."

"그 말에는 동의해."

더스트를 보면 그 말이 이해된다.

"하지만, 당시의 이야기를 할 때의 공주님은…… 참 즐거워 보였어요."

왠지 방금 그 말을 들으니 괜히 부아가 치밀었다.

더스트의 정체라든가, 옛날에 무슨 짓을 했는지는 아무래도 상관없지만 말이야!

하지만 파티 멤버에게 과거를 비밀로 했다는 걸 아니까 짜증이 나!

공주님과 애정행각을 벌이든, 즐겁게 노닥거리든, 진짜, 정말, 아무래도 상관없지만 말이야!

"어머, 왜 삐친 것처럼 볼을 부풀리고 계신 거죠?"

"아~무~것~도~ 아~냐~."

"혹시 린 님이 완벽하게 공주님을 연기하신다면, 이제 리오노르 공주는 필요 없는 거 아냐? 하고 저희도 생각할지도 모르죠. 그렇게 되면, 공주님이 얼마나 분통을 터뜨릴까요? 상상만 해도, 두근두근…… 콩닥콩닥……."

딱히 리오노르 공주가 무슨 생각이든, 더스트가 뭘 하든 개의치 않는다. 그래도 피해자로서 분풀이 정도는 하고 싶다.

두 사람이 어떤 관계든 아무래도 상관없지만 그 정도 복수는 해도 될 것이다.

"만약 관두겠다고 하신다면 폐를 끼친 것에 금전적으로 보상한 다음, 여관까지 데려다드리겠습니다만……."

"됐어. 공주님 놀이를 계속할래!"

그래. 나는 질투를 하는 게 아니라, 그냥 열 받았을 뿐이야!

제4장 저 드래곤나이트에게 결판을

1

리오노르 공주가 린과 뒤바뀌고 이틀이 지났다.

술집에서 술을 마시는 타이밍에 추적자가 난입할 거라고 생각했지만 그런 기색도 없이 무사히 아침을 맞이했다.

페리에라는 그 빨강머리 여자가 다른 녀석들에게 알리지 않은 걸까?

지금 공주가 뒤바뀌었다는 사실이 들통났다면 그들은 즉시 공주를 포획하러 왔을 것이다.

"더스트. 한동안은 술을 자제할까 한다."

"나도 그래야겠어. 설마 온종일 뻗어버릴 줄은 몰랐다고."

수면제를 탄 술을 마시고 종일 잠들어 있었던 테일러와 키스가 인상을 쓴 채 물을 마시고 있었다.

"술은 적당히 마셔. 술은 마셔도 술에 먹히지는 말라는 말도 있잖아. 퀘스트는 융융과 로리사가 너희 대신 동행해줬으니까, 나중에 감사 인사라도 해."

린과 바꿔치기를 한 리오노르 공주가 두 사람에게 타이르

듯 그렇게 말했다.

수면제를 탄 장본인이 그런 **뻔뻔한** 소리를 하는 거냐.

"그랬구나. 그 두 사람한테는 나중에 사과를 겸해 답례 선물이라도 해야겠는걸."

"겨우 그 정도 술에 뻗어버릴 줄은 몰랐어……."

"지나간 일 가지고 왈가왈부해봤자 의미 없지. 너희도 반성하고 있는 것 같으니 말이야."

풀이 죽은 테일러와 고개를 갸웃거리는 키스를 오늘은 비난할 수 없어. 원흉은 리오노르 공주니까.

때로는 상냥하게 대해주도록 할까.

"약해진 상대를 발견하면 마구 매도해서 돈을 뜯어내는 녀석이…… 대체 무슨 바람이 분 거야?"

"혹시 퀘스트로 짭짤하게 번 거야? 그럼 좀 내놔."

좀 상냥하게 대해줬더니 바로 이렇게 나왔다.

방금 한 말을 취소하겠어. 이 녀석들은 동정해줄 가치가 없다고.

"역시 벌 삼아 페이트포의 식비를 부담해. 그걸로 어제 실수는 눈감아주겠어. 불만 없지? 페이트포, 배부르게 먹으라고."

"그거 좋은 생각이네. 잘 부탁해~."

"잘 머께쓺니다."

자기들에게 잘못이 있다는 착각에 빠진 두 사람은 투덜거리면서도 페이트포의 아침 식사비용을 부담하기로 했다.

"페이트포 양, 이게 오늘 추천 요리야. 양도 많고 맛있어서 평이 참 좋아. ……좀 비싸지만, 식후 디저트도 먹을 거지?"

방금 대화를 주워들은 빨강머리 웨이트리스가 메뉴판을 한손에 들고 페이트포를 유혹했다.

"어이, 가장 비싼 음식을 추천하지 말라고!"

"미안하지만, 싸고 양이 많은 메뉴를 시키면 안 될까?"

두 사람은 페이트포의 식욕을 알기에 필사적으로 값싼 요리를 권했으나 결국 웨이트리스의 뜻대로 되고 만 것 같았다.

쌓여가는 접시의 높이와 반비례하듯 테일러와 키스의 기분은 가라앉았다.

두 사람의 불행을 안주 삼아 술을 마시고 있을 때 리오노르 공주가 내 옷소매를 잡아당겼다.

"어제 그 일을 겪고, 추적자가 바로 쫓아올 거라고 생각했거든? 그런데 왜 아무도 나타나지 않는 걸까?"

공주는 낮은 목소리로 조용히 말했지만, 맞은편 자리의 동료들은 지갑 걱정을 하느라 우리 목소리는 귀에 안 들어갈 거야.

"글쎄. 그 빨강머리 누님이 연락을 안 했거나, 혹은 독단적으로 움직이고 있는 것 아닐까? 왕국 쪽 사람인데, 낯이 익지는 않은 거야?"

"……응. 도주 도중에 발각되는 걸 피하려고 메이드와 병사들 얼굴은 전부 외웠는데, 그중 한 사람은 아니었어."

노력의 방향성에 문제가 있지만 리오노르 공주의 기억력은 뛰어나다. 특히 사람의 이름과 얼굴은 외우는 게 특기다.

리오노르 공주의 말에 따르면—

"기억력이 좋으면 공부나 예의범절, 교양 공부에 괜히 시간을 빼앗기지 않아도 되니까 편리해."

—라고 한다. 천재라 불리고 있으나 그 좋은 머리를 장난이나 못된 짓에만 활용하는 사람이 바로 리오노르 공주다.

"그럼 새로 고용된 녀석일까. 외모로 볼 때 일반인 같지는 않아. 다른 마을의 모험가나 건달 같은 걸지도 몰라."

"자초지종을 모르면서, 그냥 나를 잡으라는 지시에 따르고 있는 걸지도 몰라. 옆 나라에서 자국민이 난동을 부리게 할 수도 없잖아. 그렇다면 파고들 빈틈이 있을 것 같네……. 우후후후후훗."

공주는 입가에 묻은 술의 거품을 혀로 핥고 씨익 웃었다.

또, 흉계를 꾸미는 게 뻔한 사악한 표정을 지었다.

하지만 나는 어떻게 하면 좋을까. 다음에 만났을 때 순순히 넘겨준 후 린을 돌려받는 것도 괜찮은 방법일지도 모른다.

리오노르 공주에게는 미안하지만 린이 어쩌고 있을지 걱정됐다.

"더, 스, 트. 혹시~ 나를 넘겨주려고 하면, 기사 시절의 네 과거를 동료들에게 전부 폭로할 거야~. 이런 일~ 저런 일~ 전부 말이지."

큭, 생각을 읽혔다.

이미 정체가 들통났다면 내가 가만히 있어도 머지않아 린은 돌아올 것이다. 린이 돌아오면 필연적으로 리오노르 공주가 가짜라는 사실도 밝혀진다.

"여기 있었네."

짜증 섞인 목소리를 듣고 고개를 돌려보니 페리에가 팔짱을 끼고 서 있었다.

또 혼자 나타났는걸. 단독으로 움직이는 건가.

"어머나. 이 사람, 어제 일 때문에 옷을 한 겹 더 입었어."

리오노르 공주는 페리에가 빨간색 드레스 위에 재킷을 걸치고 있는 점을 지적했다.

"어제 별의별 소리를 퍼부어댔잖아. 제대로 사과하라고."

"미, 미안해. 악의가 있었던 건 아냐. 좀 독특한 센스네~하고 생각했을 뿐이거든? 진짜로 악의는 없었어. 이해가 안 되는 악취미한 센스지만, 옷차림은 개인의 자유인걸."

당사자가 사과랍시고 늘어놓은 말에 상대방은 더 대미지를 입은 것 같았다.

페리에는 무너지려 하는 몸을 지탱하듯 테이블에 손을 짚었다.

"보, 복장 이야기는 그만해! 얌전히 따라와. 만약 저항한다면, 여기서 한판 벌려도 나는 전혀 상관없거든?"

그렇게 말하며 히죽거리고 있는데 이 녀석은 대체 무슨

생각인 걸까.

모험가 길드의 술집에서 난동을 부린다면 이 자리에 있는 이들 전원을 적으로 돌리는 것과 같다.

풋내기 모험가의 마을이라 불리고 있지만 어떤 이유로 초보자가 아닌 중급 모험가도 액셀에 머물고 있다. ……남성 모험가 한정이지만 말이다.

"상관없는 녀석들이 휘말리는 건 싫지?"

"응? 그래도 딱히 상관없거든?"

리오노르 공주는 서슴없이 대답했다.

상대방이 이렇게 말할 줄은 몰랐던 건지, 페리에는 입을 쩍 벌리고 바보 같은 표정을 지었다.

"방금 뭐라고 했어? 이 녀석들은 너와 아무런 상관도 없잖아?"

"그게 어때서? 나는 말이지. 나만 괜찮으면 남들이 어떻게 되든 상관없어!"

술이 들어 있는 잔을 테이블에 거칠게 내려놓은 공주가 당당한 목소리로 그런 쓰레기 같은 발언을 했다.

술김에 한 말 같지만 절반 정도는 진심일 것이다.

"아, 악랄하네. 이래서 왕족이란 것들은 마음에 안 드는 거야."

"아랫것들의 생각은 이해할 수가 없군요. 오호호호호."

공주는 테이블 위에 발을 올린 채 새된 웃음을 흘렸다.

술에 완전히 취했군. 어느새 테이블 위에는 빈 술잔이 몇 개나 놓여 있었다.

곧 끌려갈 거라는 생각에 반쯤 체념한 그녀는 성에서는 마실 수 없는 싸구려 술을 마음껏 들이켠 것 같았다.

그것도 여러 종류의 술을 섞어서 마셨잖아. 거의 주정뱅이 상태겠군.

"쳇, 대낮부터 코가 삐뚤어지도록 마셔댔나 보네. 쪽팔리지도 않은 거야? 제대로 된 인간은 땀 흘리며 일하고 있을 시간이잖아. 정신이 제대로 박힌 인간이라면, 대낮에 한잔 할 생각은 못 할 거라고. 이런 모습을 보면 네 가족이 엉엉 울걸? 진짜 한심하기 그지없네!"

복장 가지고 헐뜯긴 것을 복수하려는 건지, 페리에는 큰 목소리로 그런 소리를 늘어놓았다.

"하아……. 너, 눈치 없다는 소리 들은 적 없어?"

"아앙? 무슨 소리를 하는 거야?"

"여기가 어디인지 알기는 해? 모험가 길드의 술집이라고."

그제야 자신이 말실수를 했다는 사실을 눈치챈 페리에는 식은땀을 흘리며 주위를 둘러보았다.

"대낮부터 술 퍼마셔서 되게 미안하네, 아가씨."

"가족이라. 총각 딱지도 못 뗐지만, 죽기 전에 가정을 꾸려보고 싶은걸."

"술의 위대함을 가르쳐주지. 이쪽으로 와봐. 같이 한잔하자고."

자리에서 일어선 주정뱅이들에게 둘러싸인 페리에가 허둥 댔다.

"너, 너희는 뭐야?! 나를 건드리고 무사할 것 같아?!"

"뭐야, 만지려면 돈 내야 하는 거야? 얼마인데?"

"오늘 번 돈을 전부 줄 테니까 같이 한잔하자고!"

페리에의 복장을 보고 그녀가 물장사를 한다고 착각한 것 같군.

"적당히 해. 쓰레기 같은 인간들…… 우으으으으읍."

말을 하는 페리에의 입에 누군가가 술을 들이부었다.

"나를 술 취하게 만들려는 거야? 딸꾹. 끄러께 간단히 취할 꺼, 간냐고오오오, 딸꾹~."

어이어이, 한 모금 마시고 바로 취한 거냐? 이 녀석, 보기보다 술에 약한가 보네.

"이야, 잘 마시는걸. 내가 살 테니까 더 마셔!"

"술, 병째로 가져 와~!"

저 누님은 머리카락과 옷만 아니라 피부도 시뻘게졌는걸.

술을 권한 녀석들과 어깨동무를 하고 다른 테이블로 이동한 페리에는 우리를 까맣게 잊은 채 술판을 벌이기 시작했다.

저 녀석은 대체 뭐가 하고 싶은 걸까.

"나도 마실래~."

"과음했어. 술 깰 겸 바람이라도 쐬자. 너희는…… 힘내라고."

테일러와 키스는 페이트포의 엄청난 먹성에 압도당한 건지 우리를 쳐다보지도 않았다.

방금 대화도 전혀 귀에 들어가지 않은 것 같았다.

여기에 더 있다가 말실수라도 할까 걱정이 된 나는 리오노르 공주를 억지로 밖으로 끌고 갔다.

인적이 없는 장소에서 술이 깰 때까지 쉬게 할까 해서 걸음을 옮기고 있을 때, 공주는 뒷골목과 이어진 공터에서 멈춰선 뒤 나를 지그시 바라보았다.

"야~, 밖으로 끌고 와서, 뭘 하려는 고야~. 그렇고 그런 짓 하려는 거디~?"

"술 취하니 되게 짜증나게 구네! 건드릴 생각 없다고."

"혹시…… 린 양이 소중해서 그러는 거야?"

아까까지만 해도 혀가 꼬여있던 공주가 또박또박 그렇게 말했다.

"취한 척 했던 건가?"

"그것보다, 내 질문에나 대답해. 그렇게 린 양이 소중해? 나와 똑같이 생겼으니까, 나라도 상관없지 않아? 가슴 크기로는 내가 더 낫잖아."

"아니, 애초에……."

볼을 붉힌 채 요염한 숨결을 토하며 다가오는 리오노르 공주를 밀쳐낸 나는 그녀의 두 어깨에 손을 얹고 숨을 들이마셨다.

"진짜로 뭘 하러 여기에 온 거야?"

"베르제르그 왕국에 가는 김에 더스트를 만나러 온 거라고 말했잖아?"

"진짜로 그게 전부 맞아?"

리오노르 공주라면 별생각 없이 그런 짓을 벌여도 이상할 것이 없다.

하지만 페이트포를 몰래 풀어주고 전언을 나에게 전해달라고 부탁한 것은 그녀답지 않은 행동이었다. 연락 없이 불쑥 나타나서 놀라게 해야 정상이다. 원래 그런 사람인 것이다.

"뭐, 이게 너를 만날 마지막 기회, 이기도 하거든……."

"그게 무슨—."

눈을 내리깔며 쓸쓸한 목소리로 중얼거리는 공주를 보고 동요했다.

방금 한 말의 의미를 물어보려고 한 바로 그때였다.

"찾았다! 감히 나를 책략에 빠뜨려 주정뱅이로 만들어? 꽤 하잖아."

내 말을 끊은 사람은 바로 빨강머리 누님이었다.

아까까지만 해도 술에 거나하게 취해 있었는데 지금은 멀쩡해 보였다.

"멋대로 자폭한 거였잖아. 벌써 술이 깬 거야?"

"훗. 같이 마시던 처음 보던 프리스트가 「술버릇 참 더럽네!」 같은 소리를 하며 큐어를 걸어줬거든. 그랬더니 멀쩡해졌어."

누가 그런 괜한 짓거리를 한 거야.

하지만 이곳은 인적이 없으니 괜한 소리가 남들 귀에 들어갈 걱정을 할 필요는 없을 것이다.

"그건 그렇고, 너는 누구한테 고용된 거야?"

"고용? 무슨 소리를 하는 거지? 나는 명령을 받고 온 거야. 브라이들 왕국의 말광량이 공주를 잡아 오라는 명령 말이지."

"그러니까, 그 명령을 내린 녀석한테 고용된 거잖아?"

"뭐, 고용된 거라고 볼 수도 있겠지. 상사의 명령이니 말이야."

응? 뭔가 이야기의 초점이 어긋난 느낌이 드는걸.

"그 명령을 내린 사람이 누구야?"

"아버님이나 집사, 아니면 재상일지도 몰라."

내 예상으로 가장 가능성이 큰 건 국왕, 그 다음이 집사다.

"마왕군 간부라는 것만 밝혀두겠어."

""뭐?""

나와 리오노르 공주의 목소리가 한 목소리를 냈다.

이 녀석이 방금 뭐라고 했지. 어, 마왕군?

"왜 놀라는 거야? 시치미 떼지 마. 이미 감은 잡고 있었잖아?"

"으음, 미안한데, 전혀 몰랐어."

"눈곱만큼도 눈치 못챘네."

우리는 순순히 대답했다.

멋쩍은 분위기가 이곳에 흘렀다.

"아, 잠깐만 있어 봐. 너희는 마왕군이 노린다는 사실을 눈치채고, 대역을 준비해놓고 도망친 거 맞지?"

"저기, 아냐. 내가 그냥 탈주하고 싶어서 그 애를 이용했을 뿐이야."

……위험한 상황이지만 긴장감이 눈곱만큼도 느껴지지 않았다.

"그럼 뭐야. 마왕군으로부터 종적을 감추기 위해 머리를 쓴 게 아닌 거야?"

나와 리오노르 공주는 동시에 고개를 끄덕였다.

"하아아아. 내 고생은 다 뭐였던 거지. 표적이 자기와 똑같은 대역을 준비할 정도로 머리가 좋은 녀석인 줄 알고 교섭도 고려했는데……. 정말 김새네. ……이 옷도 놀림거리가 됐고 말이야."

머리를 감싸 쥐며 저런 소리를 늘어놓는 상대방의 심정은 이해가 됐다.

이 녀석도 공주님에게 휘둘린 희생자 중 한 명이나 다름없다.

"그런데, 마왕군의 일원이 무슨 볼일이지?"

"그러고 보니 아직 용건을 말하지 않았네. 왕족과 모험가라면 요즘 정세를 알고 있지? 마왕군이 곧 대규모 침공을 계획하고 있다는 건 알 거잖아."

리오노르 공주는 그 말을 듣고 숨을 삼켰다.

소문은 들은 적이 있지만 방금 발언과 공주의 표정을 보아하니 사실 같았다.

"……그 일을 논의하려고 베르제르그 왕국에 온 거야."

"……중요한 논의잖아. 이런 짓을 할 상황이 아닌 거 아냐?"

"……괜찮아. 나는 그냥 들러리일 뿐, 메인은 아니거든."

공주가 낮은 목소리로 그렇게 말했다. 그런 사정이 있었구나.

"어이, 나를 무시하고 소곤거리지 마. 따돌림당하는 것 같다고."

이 녀석은 진짜로 마왕군이 맞는 걸까?

말투가 거칠어도 인간미가 느껴졌다.

"사람 말은 끝까지 들으라고 부모한테 배우지 않은 거냐? 잘 들어. 리오노르의 신병을 확보해서 인질로 이용하면, 브라이들 왕국의 주력인 그 성가신 드래곤나이트들의 참전을 막을 수 있어."

오호라, 하늘을 지배할 수 있으면 전황이 유리해질 것이다. 하늘을 나는 몬스터에게 있어 최대의 적은— 드래곤나이트다.

"흐음, 마왕군에도 잔머리가 돌아가는 녀석이 있나 보네. 하지만 너희는 중대한 실수를 범해놓고 눈치채지 못했어."

"흥, 그게 무슨 소리지? 우리가 대체 어떤 실수를 범했다는 건데?"

나는 리오노르 공주를 손가락으로 가리키고 단언했다.

"리오노르 공주에게는 인질로서의 가치가 없어!"

"마, 말도 안 되는 소리 하지 마! 청초하고 아름다우며 총명한, 그야말로 나라를 비추는 태양 같은 존재가 바로 나야. 흉포하고 꼴사나운 데다 악취가 심하다는 마왕군에게 잡혀간다면, 온 국민이 비탄의 눈물을 흘릴 게 틀림없어!"

공주가 빠른 어조로 그런 말을 늘어놓았다.

자기 가치를 참 과대 포장하고 있는걸.

"그, 그래. 행실에 문제가 있지만, 왕족이잖아! 그것도 제1왕녀에게 가치가 없다는 게 말이 돼!?"

"하아, 뭘 모르네. 이 인간은 하루가 멀다고 왕성 사람들에게 민폐를 끼친다고. 왕족이라서 자기들이 이 녀석을 건드리지는 못하지만, 마왕군이 멋대로 이 녀석을 처리해준다면 잘 됐다며 쾌재를 부를걸?"

말은 그렇게 했으나 이것은 거짓말이다.

공주가 말괄량이에 제멋대로라는 것은 주지의 사실이라도, 시원시원한 성격과 신분의 차이를 개의치 않는 그녀의 언동을 병사와 국민이 좋아하는 것은 엄연한 사실이다.

"나, 그 정도로 미움받고 있는 거야?! 거짓말, 거짓말이라고 말해애애애앳!"

리오노르 공주가 머리를 감싸 쥐며 고개를 치켜들더니 하늘을 향해 울부짖었다.

상대방을 속이기 위한 내 거짓말에 맞춰 박진감 넘치는 연기를 하는 거겠지?

어라? 진짜로 충격을 받은 거 아냐?

"확실히 이렇게 위험한 녀석은 온 나라 사람들에게 미움을 받을지도…… 몰라."

"납득하지 마! 울고 싶어지잖아! 그래, 나는 미움받지 않아! 틀림없어! 시험 삼아 나를 인질로 삼아보란 말이야!"

인질이 되고 싶어 하면 어쩌냐고…….

"아, 저기, 됐어."

"잠시만이라도 괜찮아! 1박 2일이라도 괜찮으니까 인질로 삼아줘!"

페리에가 거절했지만 리오노르 공주는 인질로 삼아달라며 애걸복걸했다.

……뭐 하는 거야.

"너, 인질이 되더라도 계속 억지를 부릴 거지?"

"그럴 생각 없거든? 솜씨 좋은 셰프와 폭신폭신한 침대. 그리고 커다란 욕조와 하루 세 끼 낮잠 포함, 정도의 환경이면 봐줄 거야."

"역시, 필요 없어."

"어째서? 이 정도면 엄청나게 타협한 거란 말이야!"

일이 잘 풀렸다고 생각해도 될까.

공주를 인질로 삼을 생각이 가신 것 같으니 성공이라고

봐도 될 것이다.

"되게 짜증나게 구네! 상사는 산 채로 잡아 오라는 명령이었지만, 이 자리에서 죽이더라도 달라질 건 없겠네. 목격자가 있으면 성가시니, 너도 죽여버리겠어."

이 녀석, 제대로 뚜껑 열렸나 보네.

상황이 최악의 방향으로 흐르기 시작했다!

"상사의 명령을 거스르면 나중에 후회하게 될걸?"

나는 공주를 감싸기 위해 한 걸음 앞으로 나섰다.

"시끄러워! 나는 옛날부터 머리 쓰는 게 젬병이었거든. 이렇게 된 것도 상사의 인선 미스야. 나는 잘못 없어!"

뻔뻔한 바보만큼 골칫거리는 없다.

이제까지의 행동도 도저히 영리하다고는 할 수 없었어. 확실히 상사의 인선 미스야.

재킷을 벗어 던진 페리에의 등에서 커다란 박쥐 날개가 튀어나오더니 머리에는 뿔 두 개가 자라났다. 이 녀석은 마족인가.

"아하. 악취미한 노출광인가 했더니, 등이 크게 파인 드레스를 입은 데도 다 이유가 있었네."

커다란 박쥐 날개가 드레스를 찢지 않고 모습을 드러내자 리오노르 공주는 감탄했다.

놀라야 할 포인트는 그게 아니라고 생각하는데…….

"꽤 강해 보이는 상대네. 더스트, 여기는 너한테 맡길게!"

환하게 웃으며 그렇게 말한 공주는 그대로 뒤돌아선 후 전력 질주로 도망쳤다.

"어이, 쟤가 혼자 도망쳤어."

"……그래."

물 흐르는 듯한 자연스러운 도주였기에 페리에는 미처 저지하지 못한 것 같았다.

우리는 서로를 응시했다.

"어이, 우리가 싸울 이유가 있긴 한 거야?"

"닥쳐! 저 녀석은 나중에 참혹하게 죽여버릴 거야. 그러니 우선 이제까지의 울분을 너한테 다 퍼부어주겠어!"

대화에 응할 생각이 눈곱만큼도 없나 보네!

페리에는 저공으로 활공하면서 나에게 쇄도했다.

길쭉하게 늘어난 손톱이 다섯 줄기의 궤적을 그리며 내 안면을 찢으려 했다.

검으로 어찌어찌 튕겨냈지만 페리에는 다른 손의 손톱으로 공격을 펼쳤다. 나는 공격을 막아내는 데 급급했다.

"너, 머리는 나쁜 것 같은데 실력 하나는 괜찮은걸!"

"실력 하나로 간부 후보의 자리까지 올랐거든! 상사도 『전투력 하나만은 기대된다』고 나한테 말했어! 이번 유괴는 다른 녀석이 맡은 임무였지만, 내가 가로챘지. 힘으로 말이야!"

그래. 이 녀석이 억지로 임무를 가로챈 건가.

……그렇다면, 상사의 인선 미스가 아니잖아!

"덤터기를 바가지로 쓰고 있을 네 상사는, 나와 말이 잘 통하겠는걸!"

모든 공격을 튕겨낸 후 뒤편으로 몸을 날려 간격을 벌렸다.

마법을 쓰지 않고 정공법으로 공격을 해오니까 대처하기 쉬운 적이지만 신체 능력이 괴물급이다. 단순히 공격이 너무 빨라서 막아내는 데 급급했다.

손톱은 검의 칼날보다 조금 더 길었다. 리치에서 뒤지고 있는 데다, 상대는 양손을 다 쓰고 있었다.

빈틈을 찾아서 일격을 먹여주고 싶어도 상대는 조금이라도 위험해지면 바로 상공으로 대피했다.

확실히 실력이 대단한걸.

"젠장. 밀리고 있는 정도가 아니라, 꽤 위험하잖아."

싸우기보다는 그냥 도망치는 편이 낫지 않을까.

하지만 이 자리에서 결판을 내지 않는다면 이 녀석은 앞으로 리오노르 공주를 노릴 것이 틀림없다.

"그렇다면…… 도망칠 수 없지."

자세를 낮추고 검을 고쳐 쥐었다.

"흐음, 도망치지 않는 거야? 생각보다 실력이 좋은 것 같지만, 나한테는 못 미치는 것 같네. 빨리 해치우고 그 망할 여자를 해치우러 가야지!"

하늘 높이 날아오른 페리에가 나를 향해 급강하했다.

저렇게 빠른 속도로 쇄도하는 상대의 공격을 검으로 막아내는 건 불가능하다. 어울리지 않는 짓이지만 동귀어진할 각오로 한 방 먹여볼까…….

"더스트, 이걸 써!"

등 뒤에서 고함과 함께 뭔가가 바람을 가르는 소리가 들려왔다.

나는 검에서 손을 뗀 후 뒤편에서 날아오는 그것을 쳐다보지도 않고 움켜쥐었다.

손에 익은 무게를 통해 알 수 있었다. 창을 가지고 와준 건가.

"흐음, 돌아왔구나! 이 녀석을 갈가리 찢은 후에는 네 차례야!"

페리에는 창을 손에 쥔 나를 향해 머리를 내밀며 쇄도했다.

나는 창 자루 끝을 지면에 대고 날 부분으로 페리에를 겨눴다.

그리고 격돌하는 순간에 맞춰 옆으로 몸을 날렸다.

"아닛!!"

저렇게 속도를 낸 상태에서는 급격한 방향 전환이 불가능하다.

갈가리 찢어버릴 생각이었던 내가 있던 자리에는 그저 창만이 놓여 있었다. 그리고 그 창을 향해 돌격하면 어떤 사태가 벌어질까.

"야한 누님이라 봐주고 싶었지만, 리오노르 공주를 노리는 자를 내버려 둘 수는 없다고."

나는 잔인한 광경이 리오노르 공주의 눈에 들어가지 않도록 몸으로 가리고 그녀의 어깨를 안은 채 이 자리를 벗어났다.

"더스트. 나, 돌아갈래."

리오노르 공주는 근처 밥집에서 느닷없이 그렇게 말했다.

"무슨 바람이 분 거야?"

"목숨을 위협받고 있는 것도 이유지만, 나로 위장한 린 양이 위험에 처할 가능성도 있잖아. 마왕군이 페리에만 보냈을 거라고는 도저히 생각할 수 없어."

"아~, 내가 상사라면 우수한 인재도 따로 보냈을 거야."

페리에는 실력이 뛰어났지만 두뇌 회전이 빠른 편이 아니었다.

보통 이런 일은 머리가 잘 돌아가는 자에게 맡길 것이다.

"그렇지? 나도 제대로 호위를 받는 편이 안전할 테고, 린 양을 이 일에 더 휘말리게 할 수는 없어. 내 어리광은 이제 끝낼래. 즐거웠어, 더스트. 고마워."

공주는 그렇게 순순히 나에게 감사한 후 천천히 고개를 숙였다.

"이렇게 기특한 태도를 보이니 좀 멋쩍네."

"후훗. 이제 이렇게 만날 기회는 없을 테니까. 마지막에는 좀 공주답게 행동해야 하지 않겠어?"

그렇게 말하며 순진무구하게 웃는 모습이 이 공주님에게
는 더 어울렸다.

2

"리오노르가 돌아왔어. 문을 열어."

액셀 마을의 부유층이 사는 지역에 존재하는 유독 호화
로운 저택 앞에 선 리오노르 공주가 당당히 자신의 이름을
밝혔다.

문을 지키는 병사의 가슴에는 브라이들 왕국의 문양이 새
겨져 있었다.

"리오노르 님과 똑같이 생겼네요. 미리 이야기를 듣지 않
았다면 속아 넘어갔겠어요."

병사는 공주의 온몸을 뚫어지게 살펴본 후 고개를 끄덕이
며 그렇게 말했다.

이 녀석, 뭐하는 거야. 한 나라의 병사가 공주를 상대로
이런 태도를 보여도 되는 거냐고.

"무슨 소리를 하는 거야. 내가 명령을 내렸잖아! 내 얼굴
을 잊은 건 아니지?"

"물론 기억하고 있습니다. 성 안팎에서 제가 속을 썩이게
만드신 분이니까요. 저는 공주님의 탈주를 막지 못한 바람
에 세 번이나 감봉을 당했죠."

땅이 꺼지도록 한숨을 내쉰 이 병사는 공주의 얼굴을 잊은 건 아닌 듯싶었다.

"그럼 들여 보내줘. 아까 발언은 못 들은 거로 해줄게."

"안 됩니다. 리오노르 님을 사칭한 건 비밀로 해줄 테니, 빨리 사라지세요."

"뭐, 내가 누구인지……."

"리오노르 님을 쏙 빼닮은 분이죠. 진짜 리오노르 님은 저택 안에 계시니까요. 사전에 집사장으로부터 「엑셀 마을에는 리오노르 공주님과 외모가 똑같은 자가 있는 듯합니다. 공주님을 사칭하며 접촉을 해올지도 모르니, 그때는 무시해버리십시오」라는 말을 들었거든요."

이 병사는 저택에 있는 이가 진짜 공주라 믿고 있었다.

그것도 무리는 아니다. 린이 들키지 않고 리오노르 공주 행세를 하고 있다면 이 자리에 있는 진짜가 가짜 취급을 당하는 게 당연했다.

"눈이 이상한 거 아냐?! 이 아름다운 얼굴을 잘 봐. 내가 리오노르 공주 본인이란 말이야!"

"말투도 리오노르 님과 똑같군요. 말투까지 연습하느라 고생했겠네요. 거기, 가면 쓴 형씨. 이 끈질긴 사람 좀 끌고 가."

완전히 무시당하고 있는걸.

참고로 나는 브라이들 왕국 사람들에게 얼굴이 알려졌기 때문에 바닐 나리한테서 산 가면을 쓰고 있었다.

"상황이 나쁜 것 같으니, 일단 물러나자."

"싫어! 나를 못 알아본다는 게 말이 되냐고! 아, 할아범! 이쪽 좀 봐. 나야, 나!"

이 타이밍에 안뜰을 걷고 있는 수염 집사— 집사장과 메이드를 발견한 리오노르 공주가 크게 손을 흔들며 고함을 질렀다.

우리 쪽을 쳐다본 집사장은 미간을 찌푸리고 다가왔다.

"호오, 리오노르 님을 쏙 빼닮은 여성분이군요. 소문을 들었지만, 이렇게 닮았을 줄은 몰랐습니다."

그는 자랑거리인 수염을 손가락으로 만지작거리면서 감탄했다.

"무슨 소리를 하는 거야. 내가 진짜이고, 이 저택에 있는 애가 가짜잖아!"

"흠, 리오노르 님을 가짜 취급하는 겁니까. 왕족에 대한 폭언은 눈감아드릴 수 없어요."

"맞아요. 여러모로 문제가 많기는 해도, 일단은 왕족이니까요."

집사장의 옆에 있는 메이드가 무표정한 얼굴로 고개를 끄덕였다.

"어, 잠깐만 있어봐. 두 사람 다 진짜로 나를 못 알아보는 거야?"

갓 태어난 자신을 지금까지 쭉 돌봐왔던 집사장이 자신을 못 알아본다는 사실에 충격을 받은 건지, 공주는 비틀거리며 뒷걸음질 쳤다.

"현재 저택에 계신 리오노르 님은 예의범절이 조금 어설프기는 하지만, 억지나 어리광을 부리지 않고 열심히 교양을 익히고 계시죠. 지금부터 제가 하는 말은 어디까지나 혼잣말입니다만, 시종 일동은 만장일치로 지금 이대로가 괜찮을 것 같다는 결론을 내렸습니다."

"원조 리오노르 님보다 귀여운 분이시고요."

어이어이, 당치도 않은 소리를 늘어놓고 있잖아.

이 녀석들은 린이 가짜라는 것을 알면서도 그 녀석을 리오노르 공주의 대역으로 삼으려 하고 있는 건가.

"너, 너희들, 나를 배신하는 거야?! 이건 모반이야! 음모라구!"

리오노르 공주는 이런 전개를 예상하지 못한 건지 머리를 감싸 쥐고 고함을 질렀다.

"무슨 소리를 하시는 거죠? 저는 리오노르 님의 소망을 이뤄드리려는 것뿐입니다. 이제부터 자유롭게 사시길. 호화로운 생활을 누리며 사치를 부릴 수는 없겠지만, 건강히 지내십시오. 퉤."

환한 미소를 지으며 지면에 침을 뱉었어.

"어, 진심으로 하는 소리야?! 저기, 나도 조금은 반성했거든? 저기, 농담이라고 말해!"

나는 집사장을 향해 몸을 날리려 하는 공주를 뒤편에서 꼭 끌어안고 말렸다.

"린은 납득한 거야?"

"호오, 가면을 쓴 당신의 목소리는 꽤 귀에 익군요. 아무튼 새로운 리오노르 님의 전언입니다. 「공주님보다 내가 소중하면 나를 여기서 데리고 나가봐」라더군요."

왜 린까지 이렇게 고집을 부리는 걸까.

"혹시…… 과거를 이야기해준 거야?"

내가 고개를 숙이고 중얼거리듯 그렇게 말하자 내 시야 안에 메이드가 불쑥 들어왔다.

이 메이드는 낯익었다. 리오노르 공주의 전속 메이드였던가. 도적 출신이고 무표정한 얼굴로 독설을 내뱉어댔지.

"심심풀이 삼아 리오노르 님이 젊은 드래곤나이트와 사랑의 도피행을 했던 이야기를 각색해서 들려드렸더니, 어찌된 영문인지 언짢아하시더군요. 「그 녀석이 싹싹 빌며 데리러 올 때까지, 절대 안 돌아갈 거야」라고 말씀하셔서, 모두 기뻐했다고 할까요."

"네가 범인이냐……."

내가 쭉 숨겨왔던 비밀을 듣고 언짢아진 건가.

언젠가 전부 이야기해주겠다고 말했으면서 아직 알려주지 않았으니까. 아무래도 손이 발이 되도록 빌면서 진심으로 사과해야 그 녀석의 마음이 풀릴 것 같네.

"그렇게 됐으니, 이만 돌아가 주시죠. 만에 하나의 가능성도 없겠지만, 이 경비망을 돌파해서 새로운 리오노르 님의 곁에 도착해 탈환한다면, 저기 있는 원조와 교환해드리겠습니다. 내키지는 않지만 말이에요."

"원조……."

분노에 떠는 목소리가 옆에서 들려왔다. 쳐다보지는 말아야겠다.

"겁대가리가 없네. 가짜를 빼앗기고 울상 짓지나 마! 내가 권력을 되찾으면 너희를 확…… 각오하고 있어!"

"허허허. 가짜가 뭐라고 떠들든 한 귀로 흘려버릴 뿐입니다."

리오노르 공주가 노려보자 집사장은 웃으면서 그렇게 말했다.

지금까지 고생이 참 많았던 만큼, 기회를 잡으니 화끈하게 반격을 하고 있었다.

이거 끼어들 틈이 없네. 이렇게 되면 린을 구출하는 건 결정사항인가.

뭐, 그것도 나쁘지는 않겠지.

게다가 상대방도 진심으로 하는 말은 아닐 것이다. 공주가 반성하도록 일부러 저렇게 밉살스러운 소리를 하는 것이리라.

공주가 스스로 원해서 돌아온다면 앞으로는 억지도 덜 부릴 것이다. 거기까지 계산했겠지.

"하아~, 원조 리오노르 님이 돌아오면 이 평온한 나날도 끝나는 건가요. 정말 유감이에요."

"식사할 때, 그리고 드레스를 입을 때마다 그렇게 기뻐해 주시는 순수한 리오노르 님을 저런 원조와 교환해야 하는 건가요. 앞으로 저는 무엇을 즐거움 삼아 살아가야 할까요."

집사장과 전속 메이드가 동시에 한숨을 내쉬었다.

그 반응을 본 진짜 리오노르 공주가 부들부들 떨었다.

"물론 저희는 전심전력을 다해 저지할 것이니, 만약 도전하실 거라면 그에 걸맞은 각오를 하고 임하시길."

"오랜만에 도적 시절의 솜씨를 발휘할 수 있겠군요."

두 사람은 손가락과 어깨를 풀면서 의욕에 넘치는 포즈를 취했다.

이 녀석들은 진심으로 우리를 방해할 속셈인가.

"바보, 멍청이! 땅을 치며 통곡하게 해줄 거야! 가자, 더스트!"

"으, 응."

울상을 짓는 공주에게 끌려가며 저택을 돌아보니 2층 창가에서 이쪽을 쳐다보고 있는 린과 시선이 마주쳤다.

어울리지 않는 드레스 차림으로 나를 노려보던 그녀는 혀를 날름 내밀었다.

기분이 꽤 나빠 보이는걸. ……저 녀석 비위를 맞춰주기 위해서라도 기합 단단히 넣고 탈환에 임해야겠어.

그날 밤, 우리는 저택이 보이는 장소에서 그곳을 관찰했다.

문 앞에는 병사가 네 명 있었다. 전원의 가슴에 브라이들 왕국의 문양을 달고 있었다. 아마 왕국에서 데려온 병사일 것이다.

"저기~, 왜 저까지 끌고 온 거예요? 지금은 한창 돈 벌어야 하는 업무 시간이란 말이에요⋯⋯."

핑크머리가 무슨 말을 했지만 무시했다.

문 너머에는 광대한 부지를 자랑하는 안뜰이 있었다. 그곳에도 병사 몇 명이 숨어 있고 함정도 설치되어 있다고 봐야 할까.

"진짜 린 씨가 이곳에 잡혀 있는 거예요? 그렇다면 구출한 다음에 고마워하는 린 씨에게 치, 친구가 되어달라고⋯⋯."

여전히 참 쉬운 외톨이 홍마족이 무슨 말을 했지만 그것도 무시했다.

"어이, 뭐가 어떻게 된 건지 제대로 이야기해봐. 여기 있는 린이 판박이처럼 똑같이 생긴 가짜라는 건 이해했지만⋯⋯."

"그래. 왜 리르 양으로 오해 받은 린이 귀족 저택에 갇혀 있는 거지?"

키스와 테일러가 후덥지근한 면상을 쑥 내밀었다.

이 두 사람도 무시하고 싶지만⋯⋯ 제대로 설명을 해주지 않았다간 이 녀석들은 돌아가 버릴 것 같네.

린이 위험에 처했다고만 말하고 여기까지 끌고 온 만큼, 다들 상황을 파악하지 못한 상태였다.

"실은 말이지. 이 리르 양은 어느 귀족 가문의 영애인데, 최근에 부모님이 돌아가셨어. 그래서 유산을 노리는 친족이 억지로 혼인을 시키려 했는데, 그게 싫어서 도망쳤다. 그 와중에 우연히 린을 발견한 녀석들이 리르 양으로 착각해서 유괴했고, 리르 양으로 삼아서 이용하려 하는 상황이야."

······이런 설정이었다.

그 후 나는 동료들에게 도움을 받기 위해 리오노르 공주와 머리를 맞대고 시나리오를 짰다. 옛날에 썼던, 그리운 리르란 가명을 쓰면서······.

"린 님에게 폐를 끼친 건, 정말 죄송하게 생각하고 있어요."

리오노르 공주는 손수건으로 눈가를 훔치며 울먹이는 목소리로 말했다. 원래 거짓말과 연기에 익숙한 만큼 멋진 연기였다. 사람 좋은 내 동료들은 완전히 속아 넘어갔다.

"그랬군요. 결혼을 강요하는 귀족 남성, 그리고 그 남성에게서 도망친 여성. 우연히 대역을 하게 된 모험가에게 닥쳐오는 위기. ······이건 일부 손님들을 상대로 꽤 수요가 있을 법한 상황이란 느낌이 마구 들어요!"

로리 서큐버스는 뒤편에서 메모장에 뭔가를 열심히 적고 있었다.

"린 씨가 진짜로 위기에 처한 거잖아요! 악당이 상대라면 이야기가 다르죠. 홍마족으로서, 이 상황을 두고 볼 수 없어요!"

웬일인지 융융이 의욕을 불태웠다.

정의의 사도 놀이를 좋아하는 홍마족다운걸.

"린의 신변이 위험에 처한 거라면 못 본 척할 수 없지. 나도 최선을 다하겠어."

"우리 파티의 홍일점이잖아. 그 녀석이 없어지면 우리 파티는 남탕이 되어버린다고."

테일러와 키스도 우리 이야기를 순순히 믿었다.

"하지만, 이 아이는 데려올 필요가 없지 않았을까?"

테일러의 시선은 포대기로 나한테 업혀 있는 페이트포를 향했다.

평소 같으면 잠들었을 시간이라 지금도 내 등에 업혀서 숙면을 하고 있었다.

"이 녀석 혼자만 방에 두고 오면 걱정될 것 같거든. 게다가 이 녀석이 따라가겠다며 응석을 부리더라고. 여차하면 이 녀석만이라도 도망치게 할 테니까 걱정하지 마."

이 녀석이 같이 가겠다고 말한 건 사실이고, 나와 계약을 맺은 화이트 드래곤인 이 녀석이 곁에 있으면 나는 평소 이상의 힘을 발휘할 수 있다.

여차할 때는 도움이 될 것이다.

"그럼 계획을 이야기할게. 우선 융융이 알몸으로 사방에 마법을 날려."

"싫어요! 그랬다간 범죄자가 될 거란 말이에요! 게다가, 왜 알몸이 되라는 거죠?! 그럴 필요는 없지 않아요?!"

내 완벽한 작전을 듣자마자 반박하다니 건방지네.

"괜찮아. 한밤중이니까 아무도 못 봐."

"그런 문제가 아니잖아요! 꼭 필요한 거면 더스트 씨가 혼자서 하란 말이에요!"

"경범죄는 괜찮지만, 중범죄는 짓고 싶지 않거든."

"더스트 씨도 하기 싫은 일을 저한테 시키지 마세요!"

"그래. 그런 바보 같은 작전은 파기하고, 좀 더 견실한 방법을 생각해보자."

"알몸 작전에는 찬성하지만, 좀 더 머리를 써보자고."

융융은 예상 이상으로 질색했고 테일러와 키스도 융융 편을 들며 나를 비난했다.

정 그렇다면 이 작전은 폐기하겠지만……

"모처럼 내가 머리를 쥐어짜서 짠 건데, 그럼 너희가 다른 작전을 내놔봐. 나를 그렇게 바보 취급했잖아. 내가 두 손 두 발 다 들만한 작전을 내놓을 거지?"

나는 동료들을 차례차례 돌아본 후 융융을 주시했다.

"제, 제가 말인가요?! 으음, 저 문지기에게 린 씨를 돌려달라고 부탁하는 건 어떨까요?"

"괜찮네. 그럼 작전을 내놓은 네가 해봐."

"어, 어, 제가요? 진짜로요?"

"더스트, 그건 좀 너무하지 않아?"

"어이, 테일러. 뭐가 너무하다는 거야? 내 작전에 트집을 잡았으면, 더 끝내주는 대안을 내놔야 할 거 아냐. 비판은 아무나 할 수 있거든? 자, 빨리 가봐."

내가 재촉하자 융융은 겁먹은 표정으로 주위를 두리번거리면서 문지기에게 다가갔다. 딱 봐도 거동수상자였다.

융융이 문지기에게 뭔가를 호소하는 것 같았으나 거리가 멀어서 들리지 않았다. 한동안 계속 쳐다보니 곧 풀이 죽은 얼굴로 돌아왔다.

"저기~, 이렇게 늦은 시간에 여자애가 혼자 돌아다니면 안 된다고 저를 타이르더라고요……."

"도움이 안 되네! 다음, 좋은 아이디어 있는 녀석 없어?"

내가 말을 건네자 한 명을 제외하고 전부 시선을 피했다.

의견을 내놨다간 직접 실행에 옮겨야 한다는 것을 알고 겁먹은 것 같았다.

"그럼 내가 작전을 내놓을게."

유일하게 시선을 돌리지 않은 리오노르 공주가 손을 들었다.

"오, 좋은 생각이 있어?"

"그래. 상대는 악랄한 귀족이지만, 부하들은 아무것도 모르면서 그냥 따르고 있을 뿐이야. 그러니 저 사람들에게는 가능하면 해를 끼치고 싶지 않아. 이럴 때는……."

다들 공주가 작은 목소리로 하는 말에 귀를 기울였다.

"우선 실제로 저택에 숨어들어서 린 양을 탈환하는 사람들, 그리고 밖에서 소란을 일으켜서 저들의 주의를 끄는 사람들로 팀을 나누는 게 어떨까?"

"두 팀으로 나뉘는 건가. 힘으로 경비망을 돌파하는 건 무리겠지. 그렇다면 소수의 인원만 침입하는 편이 좋겠군."

"내 생각에도 그편이 좋을 것 같아. 문제는 각 팀의 멤버 구성이겠는걸."

테일러와 키스는 찬성인가.

"그것 말인데, 저택에 들어가는 건 나와 리르와 페이트포, 그리고 로리사가 어떨까?"

"어, 저도 들어가나요?!"

자신이 뽑힐 거라고는 생각도 안 했던 건지 로리 서큐버스는 자신을 손가락으로 가리키며 깜짝 놀랐다.

"너는 정신에 작용하는 마법이 특기잖아. 이렇게 잠입을 할 때 크게 도움이 될 거야."

게다가 서큐버스는 사람들 눈에 띄지 않고 남자의 침실에 숨어들어서 꿈을 보여주는 게 일이다. 불법 침입이 특기일 거라고.

"저기~, 역시 페이트포를 데리고 가는 건 위험하지 않을까요?"

융융은 머뭇머뭇 손을 들고 의견을 말했다.

"생각이 짧아. 저택 안에 숨어든 남자가 어린 여자애를 업고 있다면, 너는 어떻게 생각할 것 같아?"

"으음…… 깜짝 놀랄 것 같아요."

"그렇지? 상대의 의표를 찔러서 빈틈을 만들어내는 것도 작전이 일부야. 게다가 만약 잡히더라도, 이 녀석은 그냥 풀어주지 않겠어?"

"예. 잡혔을 때는 제가 풀어달라고 부탁해볼게요. 그리고 이번 목적은 린 양과 제가 원래대로 되돌아가는 게 목적이에요. 며칠 동안 자유롭게 지내면서 혼인 상대에 관한 불온한 정보를 입수할 수 있었어요. 이제 원래대로 되돌아가도 혼인을 파기하는 게 가능하답니다."

공주가 당당히 그렇게 선언했지만 그건 전부 새빨간 거짓말이다.

아무것도 모르는 사람이 보기에는 자신의 길을 자신이 개척하려 하는 갸륵하고 어엿한 귀족 같아 보이겠지.

나, 그리고 나한테 업혀서 자는 페이트포 말고는 리오노르 공주의 연기에 속아 넘어간 것처럼 보였다.

"그럼, 작전을 정리해보죠."

작전이 정해진 후 각자 맡은 위치로 이동했다.

뭐, 세세한 부분은 애드리브로 때워야 하지만…….

저택의 문 앞을 한 여자가 지나갔다. 밤길을 혼자 걷느라 불안해 보이는 그 모습은 영락없는 거동수상자였다.

"어이, 예쁜 아가씨. 우리와 같이 놀자~. ……어이, 빨리 하라고."

"아, 미안해. 으음…… 차 한잔하지 않겠어?"

"차, 차 말인가요? 저, 저와 말이에요? 혹시 다른 사람으로 착각한 것 아니에요?"

언뜻 봐도 심약해 보이는 소녀가 2인조 모험가에게 희롱을 당하고 있었다.

질색하는 것 같지만 뜻밖에도 기뻐하고 있는 것 같았다. ……어이, 그러면 안 되잖아.

"웅웅, 싫어하는 척하며 저항해. 안 그러면 작전을 진행할 수 없다고. 그리고 테일러도 연기 좀 열심히 해봐."

"죄, 죄송해요. 차 한 잔 하자는 말을 들은 적이 거의 없어서……."

"으, 응. 양아치 느낌으로 말이지? 키스와 더스트를 흉내 내면 되겠군……."

……멤버 선정을 실수한 걸까.

키스는 헌팅남 역할로 적임이지만 남은 두 사람이 문제다. 연기력이 바닥을 치고 있었다.

하지만 불행 중 다행히도 세 사람의 어설픈 연기가 오히려 눈길을 끈 건지 문지기들이 그쪽을 주목했다.

"헌팅인가? 아니, 사랑싸움이려나?"

"말리는 편이 좋을지도 모르겠는걸. 어, 저 애는 아까 그 애 아냐?"

망설이는 문지기들 몰래 문을 통과했다. 나는 얼굴이 드러나지 않도록 가면을 썼다.

벽을 넘어서 안으로 들어갈까 했지만 이곳은 벽이 너무 높아서 넘는 것도 고역일 것 같았다. 나 혼자라면 몰라도 리오노르 공주를 대동하고는 무리였다.

게다가 상대방도 침입에 대비하고 있을 테니 정문으로 들어가면 오히려 의표를 찌를 수 있을지도 모른다.

"우선 안뜰에 잠입하는 데 성공했네. 저택 도면을 가지고 있으니까 나만 따라와."

안뜰에 숨어든 우리는 커다란 나무 뒤편에 몸을 숨겼다.

리오노르 공주는 품속에서 종이 한 장을 꺼내더니 앞장을 서며 걸음을 옮겼다.

"믿음직하기는 한데, 왜 저택의 도면을 가지고 있는 거야?"

"그야 뻔하잖아. 저택 탈출을 통한 도주 계획도 염두에 두고 있었거든. 그래도 미리 확보해뒀어."

용의주도하다고 칭찬할 마음이 들지 않네.

안뜰이 쓸데없이 넓은 탓에 저택 입구까지 꽤 거리가 있었다.

"여기서부터는 시야를 가려줄 게 없네. 불도 저렇게 환하게 피워놨으니 우리 모습이 훤히 보일 거야."

"문제는 여기서부터야. 어떻게 할까?"

"뭐, 불빛을 피해 갈 수 있는 데까지 가보는 수밖에 없겠지."

리오노르 공주, 그리고 페이트포를 업은 나는 몸을 숙인채 살금살금 안뜰 가장자리를 따라 나아갔다.

전체의 8할 가량 나아갔을 즈음, 주위가 일제히 환해졌다.

"꺄앗, 눈이, 눈이!"

"우왓, 눈부셔!"

우연히 빛이 뿜어져 나오는 방향을 쳐다보고 있던 리오노르 공주는 눈을 감싸 쥐며 지면을 굴렀다. 빛은 저택 지붕쪽에서 우리를 비추고 있었다.

손으로 빛을 가리며 가늘게 뜬 눈으로 관찰해보니 지붕위에서는 집사장과 메이드 몇 명이 포즈를 취하고 있었다.

"역시 오셨군요, 원조 리오노르 공주님!"

"원조란 말은 빼!"

"하지만 저희는 새로운 리오노르 공주님을 모시기로 했습니다. 그러니 그쪽은 닮은꼴 아가씨에 불과하죠."

"거기서 꼼짝도 하지 마. 확 태워버릴 거야. 『파이』 아얏!
뭐하는 거야. 영창 도중에 방해하면 위험하잖아!"

바보 같은 짓을 하려고 하는 리오노르 공주를 막았더니 적반하장으로 나한테 이렇게 말했다.

방금 진짜로 마법을 날리려고 했잖아.

"대뜸 마법을 날리고 보는 공주한테 그딴 소리를 듣고 싶지 않거든?! 저택에 화재라도 발생하면 어쩌려고 그래. 린이 저택 안에 있다고."

집사장과 메이드가 화상을 입든 말든 알 바 아니지만 린이 해를 입는 건 안 된다.

"그럼 어떻게 해?"

"으음."

고민에 빠져 있을 때 저택 안에서 병사들이 나왔다.

"린 님을 걱정하시나 본데, 안심하시지요. 그분은 여기 계십니다."

집사장이 옆으로 비켜서자 드레스 차림의 린이 모습을 드러냈다.

팔짱을 낀 린은 차가운 눈길로 나를 내려다보았다.

"흐음~ 왔구나."

"그래, 왔다고. 빨리 돌아가자, 린."

"싫어. 너는 공주님과 러브러브나 해. 옛날처럼 말이야."

린은 볼을 부풀리며 고개를 돌렸다.

"너, 혹시…… 질투하는 거냐?"

"그러면 안 돼?"

어. ……이 녀석이 방금 뭐라고 했지.

평소 같으면 그런 소리를 순순히 할 녀석이 아니라고.

"그러면 안 되냐고 말했거든? 나, 여기서 더스트의 옛날이
야기를 들었어. 결국, 처음 만났을 때 나한테 치근댔던 것도
전부~ 내가 공주님을 닮았기 때문이지? 공주님을 잊을 수
없어서 그랬던 거잖아."

"그건 아냐. 아니, 처음 너를 처음 봤을 때 공주님으로 착
각하긴 했어. 하지만 너와 같이 지내면서, 나는—."

"변명 같은 건 듣고 싶지 않아! 요즘 조금 다시 봐서, 살
짝, 아주 살짝 ……것 같았는데……."

중요한 부분은 목소리가 너무 작아서 들리지 않았다.

그 말을 끝으로 린이 뒤로 물러나자, 집사장은 원래 위치
로 다시 돌아와서 내 시선을 차단했다.

"허허허. 젊은이들의 새콤달콤한 대화는 참 각별하군요.
자, 전직 드래곤나이트님. 새로운 리오노르 공주님은 당신
과 이야기를 나눌 생각이 없는 듯합니다만, 어떻게 하시겠
습니까?"

집사장은 내 정체를 알고 있는 건가. 가면을 써봤자 소용
없을 것 같아서 벗었다.

이야기를 나눌 생각이 없다……. 토라진 린한테 무슨 말
을 해봤자 들은 척도 안 하거든. 이럴 때 취할 방법은 하나
뿐이다.

"그야 뻔하잖아. 억지로 데려간 다음, 내 손이 발이 되도록 싹싹 빌어주겠어!"

나는 단호한 어조로 그렇게 말했고 어처구니없다는 시선이 내 온몸을 꿰뚫었다.

"보통 이럴 때는 멋진 대사를 읊지 않나? 품위는 없어졌지만, 여자를 대하는 건 여전히 서툰 것 같아서 안심되는걸."

"그런 면은 변함이 없군요."

귀에 익은 목소리를 듣고 고개를 돌려보니 안뜰에 있는 나무 뒤편에서 두 명의 기사와 드래곤이 모습을 드러냈다.

"너희들……."

그 두 사람은 예전 동료인 드래곤나이트였다. 자칭 내 라이벌인 기사, 그리고 나를 따르던 후배다.

드래곤나이트가 공주 일행을 호위하고 있었던 건가.

"이 상황에서 할 말은 따로 있지 않아? 하지만, 나도 좀 샘이 나네. 라인, 너한테는 진짜로 지키고 싶은 사람이 생긴 거구나."

쓸쓸함이 묻어나는 목소리를 듣고 돌아보니 상냥한 미소를 짓고 있는 리오노르 공주와 시선이 마주쳤다.

"응. 소중한 사람을 찾았어."

"그랬구나……. 이제 나도 마음이 정리됐어. 실은, 나……정식으로 결혼하게 됐어. 그래서, 마지막으로 당신의 모습을 보고 싶었던 거야."

내가 왕국을 떠나기 직전, 약혼이 성사됐다는 말을 들었다.

그 후로는 그에 관한 정보를 멀리했지만……. 그래. 이번에야말로 결혼하는구나.

"축하드립니다."

그 말이 자연스럽게 입에서 나왔다. 그때처럼 동요하지는 않았다.

내 말을 들은 리오노르 공주는 빙그레 웃었다.

"그럼 가봐. 진정으로 네가 지켜야 하는 공주님의 곁으로!"

공주가 힘차게 등을 두드려주자 나는 한 걸음 앞으로 내디뎠다.

"수적으로 열세인데도 싸울 생각입니까? 이쪽에는 드래곤나이트도 있는데, 대체 어떻게 대처할 거지요? 이쪽은 공주님의 도망을 저지하기 위해 모인 정예들이지요. 특히 전속 메이드들은 실력만을 중시하며, 정체나 성격은 묻지 않고 뽑은 강자들입니다. 여러분, 오늘은 본성을 드러내도 괜찮습니다."

마치 악의 조직 두목 같은 말투인걸.

"패고! 패고! 또 패서! 다진 고기로 만들어주겠어."

"어머나, 오늘 식재료는 싱싱한 인간인가요."

"남자가 질질 짤 때까지 괴롭히는 건, 정말 최고……."

주먹을 내지르는 메이드.

커다란 손도끼를 사랑스럽다는 듯이 매만지는 메이드.

가시 달린 채찍을 휘두르는 메이드.

"참 개성적인 인간들을 모았는걸. ……정체는 신경 쓰는 게 어때?"

"쟤들이 실은 저런 캐릭터였구나……. 전혀 몰랐어."

리오노르 공주의 방금 발언이 사실이라면 평소에는 본성을 숨기고 있는 건가.

한 나라의 병사와 위험한 메이드뿐만 아니라 드래곤나이트까지 있다.

"만에 하나라도 승산은 없습니다. 지금이라면 공주님이 지금까지 한 짓을 사과하고, 엉엉 울며 애원한다면 용서해드릴 수도—."

"그런 짓을 왜 해? 자, 더스트. 저 바보들을 쓸어버려!"

리오노르 공주는 이런 상황에서도 거침없이 그런 명령을 내렸다.

……그렇게 나와야지! 잔뜩 위축되어서 사과하는 공주님은 보고 싶지 않다고.

"알았습니다. 그럼 나도 전력을 다해볼까. 네가 나설 차례야, 페이트포."

나는 포대기끈을 풀고 페이트포를 지면에 내려놓았다.

그리고 졸린 눈길로 하품을 하는 페이트포에게 귓속말을 했다.

"지금 활약하면 밥…… 아니지. 파트너, 힘을 빌려줘."

"응, 아라써!"

페이트포는 눈을 치켜뜨고 기쁘다는 듯 환하게 웃었다.

원피스를 벗어 던지자 몸이 점점 팽창되면서 등에서 커다란 흰색 날개가 자라났다.

순식간에 원래 모습으로 되돌아간 화이트 드래곤이 내 몸에 머리를 비볐다.

"설마 저 여자애가 화이트 드래곤이었다니……. 몰래 성을 빠져나갈 수 있었던 이유를 이제 알겠군요."

경악과 감탄이 섞인 감상을 입에 담는 집사장을 무시한 나는 페이트포의 등에 올라탔다.

그리고 공주와 다시 시선을 맞추자 그녀는 한순간 쓸쓸한 표정을 지으며 입을 열었다.

"잘 가, 나의 기사."

나는 작별 인사 대신 손만 가볍게 들어 보였다.

"가자, 파트너."

그 말을 신호 삼듯, 나를 태운 화이트 드래곤이 힘차게 날갯짓을 하여 날아올랐다.

"일부러 지상전에 어울려줄 이유는 없지. 이대로 린을 데리고 도망치자고."

"죄송하지만, 그렇게는 안 됩니다."

"화이트 드래곤의 탈환도 우리 임무거든. 나쁘게 생각하지 마."

내 전방에 두 마리의 드래곤과 두 명의 드래곤나이트가 나타났다.

"어이, 이럴 때는 눈치 좀 발휘해서 그냥 보내줘야 하는 거 아냐?"

"그런 말 마시죠. 저희는 라인 선배와 다르게, 월급쟁이 신세니까요. 이대로 눈감아줬다간 감봉을 당해요."

"게다가 너와는 한번 진심으로 붙어보고 싶었거든. 훈련이 아니라 실전에서 제대로 싸워보고 싶었다고."

그렇게 말한 드래곤나이트는 들고 있던 두 자루의 창 중 하나를 나에게 던졌다.

"농담이 아닌 것 같네."

이 두 사람과는 예전에도 실력을 겨룬 적이 있다. 진 적은 한 번도 없지만 둘 다 방심할 수 없는 상대다.

전성기의 나라면 두 사람을 한꺼번에 상대해도 손쉽게 이길 수 있다. 하지만 나는 드래곤나이트를 관뒀고 이 두 사람은 그 후에도 수련을 계속해왔다. 실력 차가 얼마나 줄어들었을까.

"그와르르."

내 마음을 읽은 건지, 페이트포가 걱정 섞인 울음소리를 흘렸다.

"그래. 나한테는 네가 있어. 게다가 모험가가 된 후로 내가 약해졌다고는 생각 안 해. 나는 그 시절보다 강해졌다고."

육체적인 면만이 아니라 정신적으로도 강해졌다.

모험가로서 살아남기 위해선 실력뿐만 아니라 똑똑하게 행동할 필요가 있었다.

"라인 선배. 한 수 배우겠습니다!"

"간다, 라인!"

"오랜만에 대련 상대가 되어주마!"

그 말과 동시에, 페이트포가 등에 달린 한 쌍의 날개를 힘차게 펄럭였다.

제삼자의 눈에는 공기를 가르며 밤하늘을 나는 화이트 드래곤의 모습이 한줄기 섬광처럼 보일지도 모른다.

바람의 압력에 머리카락과 볼이 떨렸다.

하지만 나는 눈을 감지 않고 두 드래곤나이트를 주시했다.

그리고 허둥지둥 창을 치켜든 후배를 향해 수평으로 창을 휘둘렀다.

"우, 우와아아앗!"

겨우겨우 방금 일격을 막아냈지만 기세에 밀려 자세가 무너지고 말았다.

이대로 단숨에 제압하기 위해 창을 내질렀지만 상대에게 명중하기 직전에 표적을 변경했다. 옆에서 뻗어온 창날을 창자루 끝부분으로 쳐냈다.

"어이어이, 이 타이밍에 날린 공격을 막아낸 거냐. 여전히 말도 안 되는 창술을 구사하는걸. 그것도 불안정한 드래곤의 등에 올라탄 채로 말이야."

방해한 자는 다른 한 명의 드래곤나이트, 자칭 내 라이벌이었던 남자다.

"선배, 덕분에 살았어요."

"방심하지 마. 저 녀석은 천재라는 소리를 듣던 남자야."

"잘 알고 있어요. 제가 동경했던 사람이니까요!"

두 사람의 눈빛이 달라졌다. 이거, 쉽게 이기지는 못하겠네.

"정정당당히 상대해주지! ……옛날의 나라면 그렇게 말했을 거야."

나는 바람을 가르며 다가오는 두 드래곤나이트를 쳐다보고 씨익 웃었다.

그리고 창을 쥐지 않은 손을 들어 올린 후…… 손가락을 튕겼다.

"무슨 짓을…… 어, 갑자기 졸음이……."

"이, 이건 마법? 하지만, 대체 어디에서……."

이마를 손으로 짚으면서 필사적으로 졸음을 떨쳐내려 하는 두 사람에게 접근한 나는, 그대로 창을 휘둘렀다.

상대방의 무기를 쳐서 놓치게 하고 창 자루 끝으로 상대방의 복부를 찔렀다.

기수가 정신을 잃은 탓에 전의를 상실한 드래곤들은 그들을 떨어뜨리지 않도록 조심하면서 지상으로 내려갔다.

"싸움이란 건 여기로 하는 거라고."

나는 자신의 머리를 손가락으로 두들긴 후 상공을 올려다
보았다.

그곳에는 속옷이나 다름없는 옷차림으로 팔짱을 끼고 있
는 로리 서큐버스가 있었다.

"저기~, 악마가 보기에도 방금 그건 좀 아니라고 생각하
거든요? 멋진 전투 장면을 선보여야 할 상황이었다고요."

"무슨 소리를 하는 거야. 그 어떤 수를 쓰더라도 이기기만
하면 돼. 승자는 마음대로 역사를 날조할 수 있거든. 비겁
한 수를 써서라도 이기기만 하면, 그것은 우수한 전략으로
후세에 길이 남는다고."

"그런 차원의 이야기가 아닌 것 같은데요……."

납득이 안 되는 것 같지만 그래도 작전대로 움직여줬으니
문제없다.

문을 통과한 후부터 로리사는 따로 행동했다.

적이 나와 리오노르 공주를 주목하고 있다는 것을 알기
에, 우리가 적의 눈길을 끄는 사이 상공으로 대피시켰다. 그
리고 내가 손가락을 튕기면 마법으로 엄호해달라고 미리 부
탁해둔 것이다.

"아무튼, 덕분에 살았어."

"예. 하지만 더스트 씨가 진짜로 그 소문의 드래곤나이트
였군요. 모르는 편이 나은 현실이란 게 진짜로 존재하네요.
융융 씨에게는 절대로 가르쳐주면 안 될 것 같아요."

"신경 꺼."

나는 로리 서큐버스의 비밀을 알고 있으니 이 녀석에게는 내 비밀을 알려줘도 괜찮을 거라고 판단해서 미리 내 정체를 알려줬다. 그 덕분에 살았다.

"이제 린 씨를 유괴하기만 하면 되네요. 힘내세요, 기사님."

"전직이야, 전직. 그리고 유괴가 아니라 데리고 돌아가려는 거라고."

페이트포의 목덜미를 가볍게 두드리자 내 의도를 이해하고 저택 지붕을 향해 활공했다. 힘차게 다가오는 우리를 보고 두려움을 느낀 메이드들이 일제히 도망쳤다.

유일하게 집사장만이 미동조차 하지 않고 자신의 옆을 지나치는 우리를 바라보았다.

옥상에 서자 린이 정면에 있었다. 도끼눈으로 나를 노려보면서…….

"왜 온 거야. 네 공주님은 저기 있잖아."

"너를 데리러…… 납치하러 온 거야. 내 공주님은…… 바로 너야, 린."

나는 그렇게 말하고 손을 내밀었다.

부끄러움을 참으며 그렇게 말했지만 린의 반응은 밋밋했다.

내가 내민 손을 움켜쥐지 않았지만 그렇다고 도망치지도 않았다.

그저 아무 말 없이 고개를 숙이고 있었다.

"혹시, 부끄러워하는 거야?"

"시끄러워! 이쪽 보지 마! 어쩔 수 없잖아. 이런 상황에 익숙하지 않단 말이야."

린은 나를 한 번도 쳐다보지 않고 뒤돌아섰다.

한 줄기 바람에 말려 올라가면서 드러난 목덜미가 새빨갰다.

페이트포가 눈치를 발휘해 몸을 웅크려서 나는 린의 허리를 끌어안고 들어 올렸다.

"꺄앗, 뭐 하는 거야?!"

내 앞에 앉은 린이 버둥거렸다.

"한밤중의 산책을 즐기자고."

저항하는 린을 뒤편에서 꼭 끌어안은 채 나는 밤하늘로 날아올랐다.

그러자 린은 갑자기 얌전해졌다.

"우와, 아름다워……. 액셀 마을을 하늘에서 보면 이렇구나."

감탄 섞인 한숨이 린의 입에서 새어 나왔다.

약간 기분이 풀린 것 같으니 이대로 유람 비행을 이어갈까.

"저기, 더스트. 공주님과 함께하지 않아도 괜찮겠어?"

"그게 말인데, 너는 큰 착각에 빠져 있어. 리오노르 공주는…… 곧 결혼해."

린은 눈알이 튀어나올 정도로 눈을 치켜뜨더니 입을 쩍 벌리고 뻐끔거렸다.

많이 놀란 것 같네.

"······뭐어어어엇?! 어, 거짓말이지?! 너와 사랑의 도피행
을 했다고······."

"사랑의 도피행이 아냐. 공주를 데리고 도망친 건 사실이
지만······. 그 후에 약혼이 파기되기는 했어도, 다른 상대로
부터 혼담이 들어왔나 봐. 곧 무사히 결혼한대."

나도 방금 알았다고.

"뭐야, 어이없네. 그럼 너는 리오노르 님한테 아무런 감정
도 없는 거야?"

평소 같으면 얼버무리거나 말을 돌렸을 텐데······.

"아까도 말했지? 지금의 내가 지켜야 할 공주님은 바로 너
야, 린."

너무 부끄러워 미칠 것 같았으나 어찌어찌 이 말을 입에
담았다.

"픕, 어울리지 않는 소리 하네. 어머~, 혹시 부끄러워하는
거야?"

"이쪽 쳐다보지 마!"

아까의 복수를 하려는 것처럼 내 어깨에 머리를 얹은 린
이 나를 놀렸다.

저번에 공주를 태우고 날았던 밤보다 오늘 본 밤하늘이
더 기억에 남을 것 같네.

에필로그

원래대로 되돌아간 리오노르 공주 일행은 액셀 마을을 떠났다.

이제부터 원래 목적지인 베르제르그 왕국으로 향한다고 한다.

드래곤으로 되돌아간 페이트포가 마을 안을 날았지만 한밤중이었기에 화이트 드래곤을 목격한 주민은 거의 없었던 것 같다. 별다른 소문이 돌지 않아서 나도 안심했다.

린과 나의 관계는…… 딱히 진전이 없었다.

"왜 한심한 표정을 짓고 있는 거야?"

오늘도 내 앞에서 샐러드를 먹고 있을 뿐이다.

뭐, 다 그런 거지.

그 후 실컷 촐싹댄 린은 긴장의 끈이 풀린 건지 드래곤에 탄 채로 잠들어버렸다.

"왠지 그날 이후로 너희 둘이 좀 이상해진 것 같아."

갑자기 대화에 끼어든 키스가 묘한 소리를 입에 담았다.

"평소보다 가까워 보인다고 할까, 괜히 서로를 의식하고 있는 것 같네."

"무, 무, 무슨 소리를 하는 거야. 내가 더스트한테 그런 감정을 품을 리가 없잖아!"

린은 발끈하며 따지듯 키스한테 그렇게 말했다.

혹시, 린도 나를 조금 의식하고 있는 걸까?

"키스, 괜히 놀리지 마. 만약 네 짐작이 맞더라도, 그건 당사자들간의 일이지. 오히려 늦었다 싶을 정도야."

"테일러까지 이상한 소리 하지 마!"

"괜찮잖아, 린. 역시 동료들한테는 숨길 수가 없네. 자, 평소처럼 사랑을 속삭여 보자고."

"죽고 싶어?!"

"우갸아아아악!!"

린이 전력으로 안면에 주먹을 꽂은 바람에 나는 의자에 앉은 채 뒤편으로 튕겨 날아갔다.

"인마, 아무리 부끄러워도 이건 심하잖아! 나도 뚜껑 열린다고! 설교해줄 테니까 따라 나와!"

"바라던 바야. 먼저 나가 있어!"

젠장. 관계에 진전이 있는 줄 알았더니 결국 이 모양인 거야. 이렇게 됐으니 누가 우위에 서 있는지 확실히 해줄 필요가…….

"우오오오! 야, 등 뒤에서 마법을 날리는 건 너무하지 않아?!"

영창이 들려서 부리나케 옆으로 몸을 날리자, 방금까지 내가 있던 자리를 가르고 지나간 마법의 빛이 길드의 문을 통해 밖으로 나갔다.

"쳇, 피했네."

"안 피했으면 죽었을 거라고!"

우리는 고함을 지르며 다투고 있지만 동료들은 느긋하게 웃으면서 구경하기만 했다.

그뿐만 아니라—.

"이야, 오랜만에 린과 더스트가 싸우잖아! 나는 린에게 걸 겠어."

"나도 린에게 걸래. 더스트, 어서 져버려!"

"린, 힘내! 여차하면 나도 도울게!"

모험가들이 시끄럽게 떠들기 시작했다.

"왜 다들 린 편을 드는 거냐고!"

"""평소 행실 때문이야."""

린을 비롯해 전원이 한목소리로 그렇게 말했다.

"이구동성으로 말하지 말라고!"

젠장, 하나같이 시끄러운 녀석들이라니까……. 정말 최고야.

리오노르 공주님. 역시 저는 여기가 맞아요. 동료들과 함께 보내는 하루하루가 정말 즐겁다고요.

"우윽! 사람이 생각에 잠겨 있을 때, 공격하지 말라고!"

"어차피, 또 사랑하는 그분이라도 생각한 거 아냐?"

또 그 이야기를 꺼내는 거냐.

네가 그렇게 나온다면 나도 생각이 있어.

"내가 사랑하는 사람은 린, 너뿐이야."

사람들 앞에서 당당히 그렇게 말했다.

"""오오오오!!"""

구경꾼들이 한목소리로 환성을 질렀다.

내가 뜻밖의 발언을 입에 담자 이 자리에 있는 전원의 시선이 린을 향했다.

한편, 린은 부끄러운 건지 지난번처럼 고개를 숙인 채 부들부들 떨고 있었다.

"자, 내 품속에 뛰어들어봐."

양손을 펼치며 포옹을 받아주려는 자세를 취했고 린은 그대로 내 복부에 박치기를 날렸다.

"바보 같은 소리 하지 마. 내가 그런 짓을 할 리 없잖아. ……이런 곳에서는 부끄럽단 말이야."

마지막 부분은 들리지 않았지만 네가 그런 태도를 보인다면 나한테도 생각이 있다.

"사람이 저자세로 나가니 기어오르는 거냐! 이 자리에서 홀랑 벗긴 다음, 싹싹 빌게 만들어주마!"

"할 수 있으면 어디 해 봐!"

평소처럼 싸움을 시작하자 술에 취한 모험가들이 모여들어 소란을 피우기 시작했다.

정말, 바보 천지이기는 해도 나한테는 참 아늑한 마을이라니까.

"여러분, 좀 조용히 해주세요!"

우리가 시끄럽게 떠들고 있을 때, 길드 직원인 루나가 찬물을 끼얹는 말을 했다.

나를 비롯한 모험가들이 루나의 고함과 박력에 압도당하며 입을 다물었다.

"지금 긴급 소집 중이니, 길드 안에 있는 모험가분들은 이 자리에서 잠시 기다려 주세요."

"어이, 왜 그러는 거야? 이런 소동은 자주 일어나잖아. 그리고 긴급 소집은 또 뭔데?"

평소 같으면 웃으면서 넘어갔을 텐데 오늘은 대체 왜 이러는 걸까.

"실은 마왕군이 이 마을을 습격할 거라는 소문 관련으로, 여러분에게 알려드릴 일이 있어요."

루나의 진지한 표정과 목소리가 우리의 열기를…… 순식간에 식혀버렸다.

■ 작가 후기

여러분, 6권은 어떠셨습니까?

6권에서는 《속 이 멋진 세계에 폭염을!》에서 아이리스가 언급한 소문의 진실이 밝혀집니다.

비련의 이야기였던 그 소문의 진상은…… 본편을 통해 확인해주십시오.

이번 이야기에서 메인을 맡은 공주님 말입니다만, 사실 이 캐릭터를 어떻게 그릴지 꽤 고민했어요. 아카츠키 선생님께서 자료를 주셨지만, 본편에 등장할 예정이 없는 캐릭터라서 뼈대에 붙일 살과 세세한 성격은 제가 고안했습니다.

이멋세 팬 여러분은 알고 계시다시피 엑스트라뿐만 아니라 졸개 캐릭터까지 개성 넘치는 이 세계에서 캐릭터가 매몰되지 않도록, 눈에 띄게 하려면 어떻게 하면 될까요. 페이트포에 이어서 이번에는 이 공주님 때문에 정말 고민했습니다.

평범한 라이트노벨에서라면 충분히 돋보이는 성격일지라도 이멋세에서는 개성이 없어 보일 수 있으니까요!

그 공주님은 린과 똑같이 생겼지만 실은 간단히 분간할 수 있습니다. 시선을 약간만 아래쪽으로 옮기면 차이점이 보이죠.

하지만 복장으로 숨길 수가 있으니 절친한 이들 이외에는 눈치채지 못할 겁니다. 그리고 뚫어지게 살펴보다간 마법을 얻어맞겠죠.

　참고로 더스트의 과거 설정에 관한 자료를 받고, 처음 봤을 때의 솔직한 감상은 「얘는 대체 누구야?」였습니다.

　아니, 바로 그 더스트라고요.

　카즈마보다 더 문제아라 불리는 쓰레기의 대명사 같은 캐릭터가 천재 드래곤나이트라는 것만으로도 충격적인데, 성격이 저렇단 말이죠.

　기사의 귀감 같은 그에게 영향을 준 인물이 바로 공주님입니다.

　……잘 생각해보니 이 이야기에서 가장 큰 사고를 친 인물은 이 공주님이 아닐까 싶네요.

　캐릭터만이 아니라 내용에 관해서도 좀 이야기를 해볼까 합니다.

　액셀 마을에 온 리오노르 공주는 시종과 함께 행동해서는 충분히 즐길 수 없을 거라는 생각에, 자신과 똑같이 생긴 린과 자신을 바꿔치기해서 자유롭게 이곳에서의 생활을 만끽하려 한다…….

　그런 식으로 이야기가 전개됩니다. 솔직히 말해 린은 이 일에 휘말린 피해자일 뿐이죠. 불쌍하게도 말입니다.

　캐릭터 하니 생각난 건데, 이 스핀오프 작품을 쓰면서 가장 고민했던 것이 키스와 테일러의 취급입니다. 조금 더 출연 횟수를 늘려서 활약시켜주고 싶었죠.

그러고 보니, 여러분은 영화 《이 멋진 세계에 축복을! 붉은 전설》을 보셨습니까? 물론 저는 영화관에 가서 봤습니다. 예전에 후기에서 언급했습니다만, 저는 원래부터 이멋세의 편이었기 때문에 스핀오프 작품을 쓰지 않았더라도 분명 보러 갔을 겁니다.

TV판도 최고였지만, 영화관에서 보는 극장판은 박력의 차원이 달랐습니다. 음향과 영상도 엄청났고, 무엇보다 가장 기뻤던 것은 다른 관객 여러분과 함께 웃을 수 있었다는 거였죠.

그 박진감과 일체감은 영화를 통해서만 맛볼 수 있는 매력이죠.

하지만 아쉬운 점은 개봉 첫날에 바로 가고 싶었는데 감기에 걸린 바람에 가지 못한 점입니다. 감기에 걸린 상태로 보러 갔다간 빈축을 살게 뻔해 나을 때까지 집에 틀어박혀 지냈죠.

그리고 완치 후에 영화관에 갔는데…… 없더라고요! 제1탄 특전인 소설이 말입니다!

아아~, 특전을 참 가지고 싶었어요. 이걸 읽은 담당 편집자님이 어찌어찌 구해서 저한테 몰래 준다는 전설을 이룩하지 않으려나요~.

붉은 전설답게요!

……그럼, 정례행사인 감사 인사를 올릴까 합니다.

아카츠키 나츠메 선생님. 본편 16권, 정말 최고였습니다! 다음 권을 빨리 보고 싶습니다. 하지만 끝에 다가가고 있는 만큼, 읽고 싶으면서도 왠지 읽고 싶지 않은 복잡한 팬 심리에 사로잡혀 있습니다.

미시마 쿠로네 선생님. 16권 표지의 카즈마를 보고 정말 기뻤습니다. 항상 다른 캐릭터의 뒤편에 있던 카즈마가 드디어 앞에 나서서 동료들을 이끄는 모습을 보고 감개무량했습니다.

유우키 하구레 선생님. 페이트포에 이어 본편에서 그려지지 않았던 리오노르 공주의 일러스트를 그려주셔서 감사합니다! 일러스트를 감상할 때의 제 늘어진 표정은 남한테 보여주지 못할 수준이었습니다.

스니커 문고 편집부 여러분, 담당 편집자이신 M씨, 이 책에 관여해주신 모든 분. 항상 신세 지고 있습니다. 이번에도 감사했습니다!

그리고, 이 6권을 읽어주신 독자 여러분. 진심으로 감사드립니다!

히루쿠마

드디어 이야기도 클라이맥스!
일러스트레이터로서 끝까지
최선을 다하겠습니다!

유우키 하구레

각광 6권, 발매 축하드립니다!
영화와 앱 등, 각 방면으로
전개되고 있는 이멋셰입니다만
본편과 이 책을 비롯한 서적들도
잘 부탁드립니다!

아카츠키 나츠메

각광 6권 발매
축하드립니다!!
더스트도 할 때는 하는 아이……!!
개인적으로도 린과 어떻게 될지
참 궁금하네요~!

미시마 쿠로네

■역자 후기

안녕하십니까. 근로청년 번역가 이승원입니다.

『저 어리석은 자에게도 각광을!』 6권을 구매해주셔서 진심으로 감사드립니다.

2020년 올해는 장마가 참 깁니다. 한 달 넘게 장마가 이어지고 있는 것 같네요.

특히 장마 막바지에 호우와 태풍이 이어져서 또 누수가 발생했습니다.

여름치고 그나마 덥지 않지만 그래도 비 피해가 발생하니 또 고생입니다.

태풍이 지나가고 오랜만에 해가 떠서 습기 찬 신발을 햇빛에 말리려고 밖에 내놨는데, 또 비가 와서 신발이 흠뻑 젖는 사태가…….

독자 여러분은 올해 여름을 잘 보내셨기를 진심으로 빕니다!

그럼 본편에 관한 이야기를 해볼까 합니다.

스포일러가 포함되어 있을 수도 있으니 본편을 읽지 않으신 분들은 유의해주시길!

이번 권은 5권에 이어 더스트의 과거를 중점적으로 다루고 있습니다.

아이리스가 이야기했던 어느 드래곤나이트의 슬픈 사랑이야기, 그것의 주인공인 리오노르 공주가 액셀 마을에 찾아오면서 벌어지는 내용이 중점을 이루고 있습니다.

이 편을 다 보고 처음 든 생각은 『더스트도 피해자였던 거냐!』입니다.

카즈마 이상의 인간 말종인 줄 알았던 더스트가 과거에는 저렇게 성실하고 진지한 기사였던 것도 충격적입니다만, 그런 더스트를 이렇게 타락시킨 존재가 있었을 줄은…….

주군 한 명 잘못 모셔서 전도유망한 기사가 타락한 끝에 왕국의 체면을 위해 희생되는 모습을 보니 참 씁쓸합니다.

차라리 지금의 더스트가 더 행복해 보일 정도군요. 과거, 그리고 자신의 진심을 밝힌 그가 행복한 미래를 맞이하기를 진심으로 빕니다.

그래도…… 커플은 폭발해버려! 입니다.^^

그럼 이만 줄이겠습니다.

『이멋세』의 스핀오프를 저에게 맡겨주신 L노벨 편집부 여러분. 감사합니다. 장마 때문에 작업에 차질을 빚어 정말 죄송합니다.

대장 내시경 전에 고기 파티를 하자며 연락 준 악우여. 고기 파티를 하러 패밀리 레스토랑에 갔는데, 하필이면 그 타이밍에 해물 파티를 하고 있다니……. 결국 고기는 구경도 못했구나.ㅠㅜ

마지막으로 언제나 제게 버팀목이 되어주시는 어머니와 『저 어리석은 자에게도 각광을!』을 읽어주신 모든 분들에게 진심으로 감사드립니다.

뜨거운 결전(?)이 펼쳐질 『저 어리석은 자에게도 각광을!』 7권의 역자 후기 코너에서 다시 뵙겠습니다!

2020년 8월 초
역자 이승원 올림

저 어리석은 자에게도 각광을! 6
기사의 맹세를 당신에게

1판 1쇄 발행 2020년 9월 10일
1판 2쇄 발행 2022년 6월 24일

지은이_ Hirukuma
일러스트_ Hagure Yuuki
원작_ Natsume Akatsuki
캐릭터원안_ Kurone Mishima
옮긴이_ 이승원

발행인_ 신현호
편집장_ 김승신
편집진행_ 권세라 · 최혁수 · 김경민 · 최정민
편집디자인_ 양우연
관리 · 영업_ 김민원

펴낸곳_ (주)디앤씨미디어
등록_ 2002년 4월 25일 제20-260호
주소_ 서울시 구로구 디지털로 26길 111 JnK디지털타워 503호
전화_ 02-333-2513(대표)
팩시밀리_ 02-333-2514
이메일_ lnovellove@naver.com
ㄴ노벨 공식 카페_ http://cafe.naver.com/lnovel11

KONOSUBARASHI SEKAI NI SHUKUFUKU WO! EXTRA ANO OROKAMONO NIMO
KYAKKO WO! Volume 6 KISHINOCHIKAI WO ANATANI
©Hirukuma, Hagure Yuuki, Natsume Akatsuki, Kurone Mishima 2020
First published in Japan in 2020 by KADOKAWA CORPORATION, Tokyo.
Korean translation rights arranged with KADOKAWA CORPORATION, Tokyo.

ISBN 979-11-278-5684-7 04830
ISBN 979-11-278-4526-1 (세트)

값 7,800원

변변찮은 마술강사와 금기교전 1~16권

히츠지 타로 지음 | 미시마 쿠로네 일러스트 | 최승원 옮김

알자노 제국 마술 학원의 계약직 강사인 글렌 레이더스는 수업 중
자습 → 취침 상습범.
그러다 웬일로 교단에 서나 싶으면 칠판에 교과서를 못으로 고정해놓는 둥,
그야말로 학생들도 기가 막혀 하는 변변찮은 강사다.
결국 그런 글렌에게 진심으로 화가 난 학생,
「교사 킬러」로 악명이 자자한 시스티나 피벨이 결투를 신청하지만—
이 해프닝은 글렌이 허무하게 패배하는 안타까운 결말로 막을 내린다.
하지만 학원에 닥친 미증유의 테러 사건에 학생들이 휘말리자,
"내 학생에게 손대지 마!"
비로소 글렌의 본성이 발휘된다!

TV애니메이션 방영 화제작!!

©Ryo Shirakome/OVERLAP
Illustration Takaya-ki

흔해빠진 직업으로 세계최강 제로 1~4권

시라코메 료 지음 | 타카야Ki 일러스트 | 김장준 옮김

오늘도 고아원을 위해 생활비를 벌며 평온한 일상을 보내고 있었다.
그런 오스카의 공방에 『천재(天災)』 밀레디 라이센이 찾아온다.
신에게 저항하는 여행의 동료를 찾는 밀레디는
오스카의 비범한 재능을 간파하고 여행에 권유하기 위해 왔다고 한다.
오스카는 권유를 거절했지만 밀레디는 포기할 줄 몰랐다.
그런 와중 오스카가 지키는 고아원에 사건이 생기는데?!
"희대의 연성사. 나와 함께 세계를 바꿔 보지 않을래?"

이것은 『하지메』에게 이어지는 제로의 계보.
―『흔해빠진 직업으로 세계최강』 외전의 막이 오른다!

데스마치에서 시작되는 이세계 광상곡 1~19권, EX

아이나나 히로 지음 | shri 일러스트 | 박경용 옮김

한창 데스마치를 치르던 프로그래머 스즈키 이치로(29).
「사토」란 닉네임을 쓰는 그가 잠시 잠들었다 깨어나 보니
듣도 보도 못한 이세계에 방치되어 있었다!
혼란에 빠질 틈도 없이 눈앞에는 처음 보는 괴물의 대군이 다가오고,
하늘에서는 유성우가 쏟아진다.
정신을 차리고 보니, 최강 레벨의 힘과 막대한 부를 손에 넣었는데……?!
이렇게 사토의 「유유자적, 가끔 시리어스, 그리고 하렘」인
이세계 모험담이 시작된다!!

**최강 레벨과 막대한 재보를 가지고
시작되는 유유자적 이세계 관광!!**

라이트노벨의 새로운 빛! L노벨의 신간은 매월 10일에 발매됩니다. http://cafe.naver.com/lnovel11

달이 이끄는 이세계 여행 1~9권

아즈미 케이 지음 | 마츠모토 미츠아키 일러스트 | 정금택 옮김

어느 날, 부모의 사정으로 인해 츠쿠요미노미코토에 이끌려
이세계로 가게 된 나, 미스미 마코토.
치트 능력도 하사받고 이건 그야말로 용사 플래그인가! 라고 생각했더니
이 세계의 여신에게 「너 얼굴 못생겼다」라는 이유로 거절당하고
나는 『세계의 끝』으로 전이당하고 말았다…….
……뭐, 어쩔 수 없지. 기왕에 이렇게 된 거 이세계를 즐겨볼까!
이렇게 오직 내 한 몸만 가지고
타인의 온기를 찾아 여행을 시작하게 되었지만,
만난 것은 향기로운 냄새가 나는 오크 소녀, 시대극에 심취한 드래곤,
마조히즘 속성을 지닌 변태 거미 etc—
……내 주위는 멋들어질 정도로 이종족 페스티벌입니다.
젠장! 웃기지 마! 난 절대로 지지 않을 거니까!!

제5회 알파폴리스 판타지 소설 대상 『독자상 수상작』!

라이트노벨의 새로운 빛! L노벨의 신간은 매월 10일에 발매됩니다. http://cafe.naver.com/lnovel11